十二星座女孩
励志言情小说系列

我的倔强，不怕遍体鳞伤

我是处女座女孩

七月染 著

I AM

A

VIRGO GIRL

At My Will Without Fears

北京联合出版公司
Beijing United Publishing Co.,Ltd.

———

　　陌生的街景人来人往，熙熙攘攘的人群中放眼望去没有一张熟识的面孔，易水的恐惧从心底开始攀升，不知是从哪个方向窜出来的一群陌生人，狂笑着将易水团团围住，易水无助地在原地打转，想要呼救却怎么也发不出声，就在恐惧要把她淹没之时，一只温暖的大手将她牵起，拉着她冲出了陌生人的包围……她看不清那个人的脸，可是那人手心传出来的温度驱赶着她心底的恐惧，让她觉得很安全，她很想看清这个牵着她的手往前跑的人，不料一阵电话铃声将易水吵醒，原来又是这样的梦，易水总是做这样的梦，梦见自己被很多人围困时总有一只大手牵着她往前跑……

　　"易水，起床了吗？"打来电话的是杨光，易水相恋八年的男朋友。

　　易水猛地从床上坐起，一把摘掉眼罩，处女座的易水喜欢睡觉，爱做梦，她身上有着处女座所有的优点和怪癖，她忙说："没有呢！我马上起。你等我一下，我保证不耽误今天和你领证。"

　　"易水，我是想说……"杨光在电话那头吞吞吐吐。

　　"还是一会儿见面说，杨光，你要是先到民政局门口，就等我一下。"易水有些慌张地挂断了杨光的电话，一个人捏着手机出神了半天，阳光透过大大的落地窗照在她清秀的脸上，脑海里还是刚刚的梦里的场景，她伸出自己的手仔细地端详，好像梦里那双手的温度还留在她的手上。易水轻轻地叹了口气，摇了摇头，准备下床的她，好像想起了什么似的又坐回到床上，一个电话拨给了她最好的闺蜜夏夏。

"夏夏，今天……今天是我和杨光几年前约好去领证的日子……"

"真的吗？终于要结束你俩八年的爱情长跑了？太好了，易水。"电话那头的夏夏抑制不住激动的心情，夸张地大叫着，好像要领证的是她自己。

"夏夏，不知为何我心里有点儿发怵，你陪我去吧？"

"连领证都要我陪，易水，我败给你了，好吧。好吧。"

易水一袭白色长裙，背着帆布双肩包赶到民政局门口的时候，夏夏已经到了，一头短发，身着牛仔衣的夏夏身上有一种中性美，见易水款款而来，夏夏伸开双臂给了易水一个大大的拥抱，高兴地对易水说："终于要下定决心嫁给杨光了，舍得把自己嫁掉了？"

"反正是早几年前就约定好的，只是约好的时间到了而已呀。"易水说话永远平平淡淡的。

"对了，领证这么重要的事儿，这杨光怎么还迟到呀？一会儿我替你收拾他。"夏夏说着扬了扬拳头。

"一早上他还打电话叫我起床呢，再等等吧。兴许路上堵车呢，你呀，总是这么急性子。"

"好好好，我是说不得你家杨光一句。"夏夏装作生气地回嘴。

易水不再回话，若有所思地低下头，看着脚上的帆布鞋。

一对一对幸福的恋人走进民政局，一对一对幸福的恋人领了证离开，杨光迟迟不出现，易水倒是出奇地安静，只是夏夏早等不及了，正要给杨光打电话时，杨光出现了，跟杨光一起来的还有冉晓萌——易水和夏夏的大学室友。有点婴儿肥的冉晓萌，透着一股可爱气，懂事乖巧，性子柔顺，却又特别爱哭。

看着他们进来，夏夏纳闷地小声问易水："你还给晓萌打电话了？"

易水摇摇头。

"那他俩怎么一起来了？"夏夏眼睛看着一起进来的冉晓萌和杨光，问易水的声音愈发小了。但是易水听得很真切。

易水还是摇头。

看着杨光和冉晓萌走近了，夏夏开始发问："晓萌，你怎么也来了？哦，我知道了，是来见证易水和杨光的幸福时刻的，对吧？不愧是大学四年的好姐妹，还有杨光，我该说说你了，领证这么重要的事，你让易水等你这么久……"

易水见夏夏说起来没完，杨光脸上面露难色，就赶紧打圆场，说："杨光，我们……我们进去吗？"

杨光一副欲言又止的模样，表情极为难堪。

"易水，对不起。"冉晓萌开口道歉："我和杨光是想告诉你……"

"晓萌，有什么话等易水和杨光领完证再说吧，杨光来晚了，又不是你的错。"夏夏打断了冉晓萌的话。

"夏夏，你让我把话说完。"冉晓萌祈求着夏夏，杨光突然牵起冉晓萌的手艰难地对易水说："易水，对不起，我和晓萌已经领证了，我们实在瞒不住了……"杨光的话没说完，冉晓萌的眼泪就跟着下来了。

易水不再说话，她的眼睛看到了杨光和冉晓萌的十指相扣，她的视线开始慢慢地往上移，最后冷冷地盯着杨光的脸。

杨光不敢看易水的眼睛，但还是艰难地说："易水，我和晓萌已经领证了，在准备婚礼……"

杨光的话没有再接着往下说，易水的脸上没有一丝的表情，她伫立在那里，眼睛一直盯着杨光和冉晓萌，眼神开始冰冷，冷到足够让周围的空气结冰。

一边是自己最好的闺蜜，一边是相恋八年的男友，他们早已领了证，而易水是最后才知道的，这是怎么样的一种欺骗，在易水心里又是怎样的一种痛？

易水无力地打开家门，忽然觉得自己好累，她感到自己在眩晕，她不知道自己是怎么从民政局门口回到家的，把自己重重地扔到沙发里，极尽虚脱，闭上眼睛她仿佛回到了和杨光相遇的高中时代。

高一的下学期快要期中考试的时候，班里转来了一个男生，他就是杨光，易水到现在都还能清晰地记起杨光那天的模样：白T恤，洗得发白的蓝色牛仔裤，配着脚下的运动鞋，很是干净清爽。

高中时他们会因为一道数学题的答案争得面红耳赤互不相让，也会因在语文课偷偷传纸条而被老师罚站，高三填志愿时两人相约填到一所院校，梦想着能与彼此一起飞向未来。可是到今天，易水才知道，杨光，这个贯穿着自己高中和大学生活的男孩早已成了自己闺蜜的老公。而自己居然一直被蒙在鼓里。他们是什么时候开始在一起的，又是什么时候领了结婚证？易水竟然毫无察觉，现在想来思绪纷乱，心里的悲凉足以将柔弱的她湮没。

一阵手机铃声把易水拉回到男朋友早已成了闺蜜老公的现实，是旅游杂志社的编辑约稿，易水本想推掉，可是最后她还是答应了。

易水是一名摄影师，中文专业毕业，写得一手好文章，爱上摄影是因为大学时她选修了摄影课。大学时易水就得过一些大大小小的摄影奖，现在她是一名自由职业者，常跑去各地采风，拍一些摄影作品并投稿，也答应一些杂志社的约稿，并给杂志社写些旅游攻略以及描述各地风土人情之类的文章。易水喜欢这样的生活，随心随意，无拘无束。

门铃在响，易水开了门。夏夏提着东西进来径直走到厨房开始做饭。

易水是一个不爱进厨房的女孩子，她闻不惯油烟味，她的厨房只是摆设，也只有夏夏和冉晓萌来的时候，易水的厨房才发挥着它该有的作用。一般来说，夏夏洗菜，冉晓萌主勺。冉晓萌烧得一手好菜，不像易水，厨房作了"库房"，方便面作了生活的必需品。易水最爱去的地方就是超市里方便面的货架，她总是推着大大的购物车，用不同口味的方便面塞满购物车，就像塞满心房一样，让她感觉很踏实。

除了方便面，易水也爱吃泡泡糖，一块硬硬的泡泡糖，吃到嘴里甜味褪去，就可以吹出大大的泡泡，她觉得好奇妙。记得高中时她和杨光赌考试谁会是第一名，泡泡糖成了赌资，结果易水考了第一，杨光给易水买了一大把泡泡糖，易水迫不及待地扔一颗到嘴里，对着杨光吹了一个大大的泡泡，泡泡被易水吹破，崩了杨光一脸……

关于和杨光的种种过去胡乱地出现在易水的脑子里，她的思绪开始变得纷杂，不知何时，夏夏站在易水的身后，轻声说着该吃饭了。

回到饭桌上的易水默默地吃着饭，夏夏一边吃饭一边试探地对易水说："易水，我今天去找过他们两个了……"夏夏还要接着说，易水挤出一丝勉强的笑容说："先……吃饭吧！"

夏夏把后面的话咽了回去。

易水停住夹菜的筷子说："我还是吃方便面吧？"

"怎么不吃饭呢？"夏夏疑惑道。

"难吃。"易水说完这两个字，就眨着眼睛笑了，手托着下巴说："夏夏小姐，把菜煮的这么难吃，小心以后嫁不出去啊！"

夏夏没接易水的话，起身去给易水泡方便面，边泡边唠叨：总吃方便面对身体不好。夏夏知道易水是处女座的，对任何事物都很挑剔，包括对食物，她一旦说了难吃，就宁愿饿着肚子也不会再吃一口。夏夏做饭虽然不及冉晓萌，但还不至于到难吃得不能吃的地步，由此可见易水真的很挑剔。

易水吃着方便面，一脸满足地说道："还是方便面好吃，夏夏，有的时候，男人还不如方便面呢。至少方便面能让你果腹……"夏夏不知道怎么往下接，易水也不再说话，两人都只是默默地往嘴里送饭。

易水吃完了面，端起面桶喝了一大口汤后对夏夏说："这几天你要帮我照顾下家里的鱼和那几盆花。"

"那你呢？"

"我去趟云南。"易水淡淡地说道。

"易水……"夏夏刚要开口，易水说："我知道你担心我，我没事。"

"那什么时候走？"

"明天。"

"去多久？"

"说不好。"

"那我一会儿给你收拾东西。"

"我自己收拾。"

简单的对话让夏夏看不出来易水到底隐藏着怎样巨大的痛楚，易水甚至都不问她见过杨光和冉晓萌后的情况，这让夏夏更加担心。她很不想易水去云南，她想陪着易水，可是夏夏明白，易水决定了的事，早就没有了商量和更改的余地。

　　夜晚降临，屋里很暗，易水抱着一个玫红色的保温杯站在窗前。

　　易水喜欢保温杯，因为水倒进去不容易变凉，她喜欢不管什么时候去喝水都是热热的感觉。易水之前用来喝水的杯子是个精致的小瓷杯，是她过生日的时候，冉晓萌送她的生日礼物，易水喜欢得不得了，再后来杨光给她买了这个玫红色的小巧的保温杯，遇上倒进保温杯的水太烫，易水就把水再倒到小瓷杯里来喝，易水对这种喝水的方式乐此不疲。

　　一轮圆月升起，月光柔柔地洒在易水身上，易水望着那一轮圆月，想起杨光在给她这个保温杯时曾说过要一辈子在她身边的，易水忽然觉得有一种痛，痛遍了全身，她下意识地抱紧了那个保温杯。

　　第二天，易水表情平静地拉着大大的行李箱，脚上的帆布鞋洗得发白，一袭白色的长裙裹着她曼妙的身材，头发如瀑布一般洒在肩上，背上的帆布包随着她走路的步伐一颤一颤。

　　"易水——"听到有人在喊自己，易水停住脚步，四下张望。只见夏夏开着一辆崭新的车停在自己的跟前。

　　夏夏大咧咧地笑着下车，接过易水手里的箱子麻利地塞进后备厢说："上车，送你去火车站！"

　　易水上车就发问："这车哪儿来的？"

　　"公司的试驾车，我跟我们老板借的。"夏夏一边回答一边熟练地开着车。夏夏就职于一家汽车4S店，总经理助理。

　　"看来你们老板是个好人啊！"易水说得有点儿可爱。

"向总人还不错。"夏夏说："对了,你家钥匙给我,不然怎么替你养花和鱼?"

易水看着车窗外,好一会儿才安静地说："杨光有一把钥匙,你找他去拿。"

夏夏"哦"了一声之后,两人都心照不宣地不再说话。

到车站后,易水要检票进站了,夏夏喊道："易水,你早点儿回来。"

易水突然跑回来抱住了夏夏,很久之后才轻声说："傻丫头,别担心,我没事。"说完头也不回地走了。

夏夏看着易水的身影被进站的人群淹没,直到再看不见易水她才转身回去。一转身就看到杨光和冉晓萌,夏夏问："你们来干什么?"

"是晓萌……她非要来送易水。"杨光回答道。

"可是我不敢出现在易水面前,所以只能远远地躲着。"冉晓萌又要哭了:"夏夏,你一定要帮我和杨光,说服易水原谅我们,我们不是有心伤害她的,我不想失去易水这个朋友。"

"等易水回来,我会找机会替你们解释的。我相信易水,她会原谅你们的,"夏夏接着说道,"杨光,易水要我照顾她的花和鱼,说钥匙在你那里,你给我吧。"

杨光掏着钥匙的手好像在颤抖……

火车上的易水正吃着方便面,看着手机上的来电显示是杨光妈,就接了起来道了声:"阿姨。"杨光妈妈的话匣子打开了:"易水啊,听到你的声音真好。阿姨打算这几天订票过来看你和杨光,我这次主要是来筹备你们婚礼的,易水啊……"

杨光妈说得正欢的时候,火车很合时宜地开.进了隧道,信号中断了……

易水看着吃了一半的方便面，瞬间没有了再继续吃的心情。端起方便面起身走向了车厢一端的垃圾桶。

火车上的夜晚已经来临，吃完饭的人们，认识或者不认识的人天南海北地聊着天。易水从不和陌生人聊天，她更喜欢听着音乐看窗外的风景，沉浸在自己的世界里。早早洗漱完，易水关了手机，躺在铺上开始想怎么样尽快交稿，而现在她发现自己心乱如麻……

易水到达丽江古城时是在午后，阳光热情地拥抱着大地，一切都是明朗朗地灿烂。走出火车站的易水感觉呼吸的风都是甜的，很舒服。

这样一个女孩，用别人读不懂的心境开始读起了她眼中的丽江。

易水从网上订好了丽江的民宿，她想感受最纯正的纳西民居，还有那古朴宁静而又阳光四溢的纳西庭院。她走过拥挤的旅游人群，坚守着自己心底的那份宁静。到民宿时，庭院外花开正艳，似乎只是为等待易水的到来。易水走进庭院，安静、干净，她努力感受着这份安静。

"你好，我从网上订了房间。"易水礼貌客气地说。

"你好，小姐，请问你叫什么名字？"

"易水。"

房间干净而质朴，淡黄色的窗棂显得很是古朴，窗台上摆着几盆紫色的小花。这样的房间的确很配这样的易水。

易水打开包，拿出了自己的床单被套和枕套枕巾，娴熟利落地换掉了床上的床单被套，然后将换下来的床单被套叠得整整齐齐后让服务员收走了。这样的易水根本就让人看不出她内心的悲喜，平静得没有一丝波澜。

洗完澡的易水头发还在滴答着水，换了居家服的她宛如邻家小妹妹一般清纯可爱，她往嘴里放了一颗泡泡糖，一边吹着头发一边嚼着泡泡糖。手机的短信提示音响了，她没看完夏夏发的一长串短信，就简单地回复了两个字："安好。"

打开电脑，隐身上了QQ，有头像在跳动，是杨光，易水点开对话框，是满屏的文字，她不想看杨光给她的留言，不做停顿地关了窗口。

这一夜，在陌生的丽江，易水一夜无梦。

次日清早，易水踩着木质楼梯到了屋顶，她要看日出，这是她每到一地的习惯。她曾幻想着有一个人能陪她看每一次日出，而这个人现在已经不是杨光了，陪着自己的如今只剩自己。一轮朝阳升起，金色的光照在一袭白色长裙的易水身上，这一刻的易水犹如一朵娇艳的百合。易水向着太阳，双手合十：请给我一个人向前的力量。

易水走出民宿，踏上了几百年的青石板小路，感受着这座古城的古朴和厚重。这里的每一块青石上都满是岁月遗留下来的痕迹，它们记录着纳西族居民炊烟四起之后的闲谈古记。易水一边走，一边用相机记录着她看到的一切。一只流浪猫闯进她的镜头，易水停住了脚步，对着小猫咪说：小猫咪，我们一起吃早饭吧？你等我啊，我去买火腿肠。小猫咪好奇地盯着易水。

易水从不远的便利店买了好几根火腿肠，坐在台阶上，在暖暖的阳光下，一段一段地喂给小猫，同时也往自己的嘴里送了些火腿肠，易水习惯火腿肠的味道，就像习惯方便面的味道一样。这个早晨，在丽江古镇的青石台阶上，一个谜一样的女孩和一只流浪的小猫用火腿肠填充了他们早饭的时光。

一个女子，一袭长裙，一台相机，一种不曾被旁人所懂的心境，易水游荡在丽江古城，感受着丽江给她的柔软时光。不，是易水柔软了时光。而路人永远也不会懂与他们擦肩而过的这个孤独女子背后深深的忧郁。

走过拥挤的人群，走进一家小店落座，小店里同样坐着来自不同地方的游客，别致的是小店贴满了花花绿绿的便签，每一张便签上都写着游客想说的话，不时有游客写完递给老板，老板便把便签贴在店里，易水也拿了一张便签，一行隽秀的字落在上面：做一个坚强的女子，勇敢向前，坦然面对。

坦然面对？该有多难？易水压着心底深深的悲凉默默地问自己。

在一个挂着"发呆免费"牌子的店里，易水走了进去，她想发呆了。易水找了角落靠近窗户的一张桌子坐下，取下了挂在脖子上的相机，就这么安静地手托着下巴看着窗外的那条河缓缓流过，有两个名字在她的脑海里慢慢放大——杨光、晓萌。

夜色下，这条贯穿丽江古城的河面上，有很多的游客在放着许愿灯，易水也放了一个，当许愿灯漂进河中央的时候，易水用谁也听不见的声音说了一句：祝你们幸福。

这几天，易水拍了好多丽江的照片，有古镇门口的老水车，有青瓦白墙间的青石板小路，有贴满了便签的那个小店，更有带着摄影师把丽江当成背景拍写真的妙龄少女，每一张照片都是丽江的标签，晚上她把拍的照片整理的差不多之后，开始行文：

丽江——别样的邂逅

丽江，一个遥远的古镇，早就被人们冠上了"艳遇之都"的称号，艳遇无疑成了丽江的一张名片，而我，却在丽江收获了别样的邂逅。

初到丽江，是一个阳光很暖的午后，连呼吸到的风都是甜丝丝的。

那年的我和他曾有一个约定：将丽江当成蜜月旅行地。如今只剩我一人，而他却已为人夫。

……

　　易水写完稿子时已是深夜，她将文本和照片打成包命名为"易水——丽江"发送到了夏夏的信箱，每次易水写完稿子都先发给夏夏去看，夏夏是她的第一个读者，等夏夏看完没有意见，她才会发给杂志社的编辑，但就算夏夏对文稿有意见，易水也不会去改动，这就是易水。

　　发送完文稿已是深夜，外面好像下起了雨，易水伴着雨声进入了梦乡。在丽江的这几天易水很安静，内心变得很平静，就像在她的文稿中写的一样，她在丽江邂逅的不是最美的爱情，而是最真实的自己。

　　第二天起床，外面的雨依然淅淅沥沥地下着，雨中的丽江独有烟雨朦胧的意境。在蕴着光泽的石板路上，易水撑一把油伞，感受着高原江南小镇的韵味。易水似乎更喜欢下着雨的丽江。

　　正沉浸在自己世界里的易水接到了夏夏的电话："易水，稿子我看完了，写的真是太好了，这活儿也干完了，是不是该回来了？"自从易水走后，夏夏每天都很担心，她却不敢将这种担心流露给易水。

　　"夏夏，丽江下雨了，我很喜欢现在的样子。"易水没有回答，手伸到伞外接着雨滴，痴痴地说。

　　夏夏不知道怎么接话，易水却突然问："他们……他们什么时候举行婚礼？"

　　"啊？"夏夏明显是被易水问蒙了，"杨光妈还不知道你和杨光的事，所以婚礼还……"

挂了电话的易水收了伞，小雨渐渐落在她的身上，微凉。

易水开始纠结，要不要回去？易水在想：我在丽江，算是躲避吗？她真的很需要勇气去面对。事情的变故来得太突然，让她猝不及防。但她明白很多事终究是需要正面面对的。

易水喜欢用相机自拍，可是这次是她自拍的唯一的一张照片，只为证明这个地方她曾来过。

易水在QQ空间里上传了这张照片，仅仅五个字的描述：花开，我来过。

丽江的生活是闲适的，易水再次路过便签店时，忍不住进去坐在了靠近窗户的桌子旁，阳光洒在她的身上，她拿出随身携带的笔记本，写下了一行字：相信时间一定会把生命中的碎屑带走。

这样一坐就是一下午，易水不喜欢跟陌生人说话，很多来自五湖四海的游客，在丽江古城这个特定的环境下会很快熟识，可是易水她不会，她不愿走进陌生人的世界，陌生人也走不进她的世界，处女座的她很难和别人建立亲密的关系，可是一旦有人走进了易水的世界，让他们再从自己的世界走出去，会让易水觉得很疼，比如想起曾经的男朋友杨光和自己最好的闺蜜冉晓萌时，易水依然觉得很痛。

和杨光相遇时，易水上高中，和冉晓萌相遇时，易水上大学。易水、冉晓萌和夏夏是同一个寝室的，在宿舍就属冉晓萌最勤快最会照顾人，在大学的四年，晓萌包揽了寝室里所有的活。易水清楚记得，大二第一学期的冬天，她感冒发高烧，冉晓萌一晚上没睡，给易水换着额头上物理降温的毛巾。还有，易水是处女座的女孩，有点儿小洁癖，她的床不允许任何人坐，大学时候的易水也是经常外出拍照片的，如果旁边宿舍的小姐妹来串门时坐了易水的床，冉晓萌就在易水回来之前先帮易水换床单，再把原来的床单洗了晾干再收好。易水还记得周末冉晓萌回家一定要给易水带她妈妈做的好吃的……

　　易水想：或者该是准备回去的时候了。

四

一身职业装的夏夏敲门走进一间硕大的办公室，开口道："向总，这是这个月的销量报表，您看一下。"

一个穿着裁剪得体的西服的男人，帅气逼人地从窗户边走到办公桌前，伸手接过夏夏递过来的报表后，用充满磁性的声音说："你先出去忙，我看完再叫你。"

他是这家汽车 4S 店的老板，叫向然。

他看上去三十五六岁的样子，光洁白皙的脸庞，透着棱角分明的英俊，乌黑深邃的眼眸，宛若黑夜中的鹰，鼻梁高挺，性感的嘴唇泛着迷人的光泽，身材修长高大却不显粗犷，冷傲孤清却又盛气逼人，孑然独立间散发着傲视天地的强势。

看完销量报表，向然嘴角扬起一丝微笑。

从向然办公室出来的夏夏回到工位上，又打开易水的文稿认真地看着，她要从易水的文章中读出易水承受的那份痛。她知道处女座的女孩内心都很脆弱，禁不起任何的伤害，夏夏读着易水的文章，对易水的担心开始渐渐升起，左手边的电话不合时宜地响起，是向然打过来的内线。

"夏夏，关于开发区分展厅的材料报价单什么时候可以发给我？"向然的声音从话筒里传来。

"不好意思，向总，我马上发你邮箱。"夏夏慌忙答道。

向然的信箱有邮件提示，他点击进去一看，附件命名为："易水——丽江"，显然是夏夏挂错邮件的附件了，向然本想再给夏夏打电话，却被这个附件的内容吸引，独特视角和风格的照片勾勒着丽江的一瓦一木，可奇怪的是他分明看到了照片背后藏着的深深的忧郁，看完照片，他打开了那个文档《丽江——别样的邂逅》

向然一手滑动着鼠标，一手握拳放在鼻翼下，他深深地被这样的文字感染，看得很认真，没有漏掉一个字。半晌，他又重新看了一遍每张照片，最后一张照片上只有一个背影。在青瓦白墙间的石板小路上，一个长发飘飘一袭白色长裙的姑娘独立其间，那是易水的背影。这是易水的习惯，她的每一篇稿子的最后一张配图便是自己的背影。向然第一眼看到这张照片时并没有在意，可是当他看完文稿后再看照片时，似乎读懂了照片里那个背影后面藏着的孤独与忧郁。

瞬间，向然的心底有一丝莫名的异动，这种感觉很奇妙。

"向总，关于分展厅的材料报价，你有什么异议吗？"夏夏敲门进来问。

"这个……易水是谁？"向然抬头问。

"啊？易水？"

"你过来看。"

夏夏绕过向然的办公桌走到电脑前一看，是易水写的文稿和照片，夏夏疑惑地问："向总，你怎么会有易水的文稿？"

向然笑着说："你发给我的。"

"啊？不好意思，向总，是我挂错附件，我重新给你发。"夏夏有点儿脸红，说完便转身要出去，幸亏向然脾气好，要换了别的老板，她早挨骂了。

"回来。"向然叫住了夏夏，"这个易水是——"

"我一个朋友。"

"那……她……那个……什么，算了，你去给我发报价单吧。"向然本来想问易水的情况，可是话到嘴边没说出来。

"哦，好。您稍等，向总。"夏夏出门后懊恼地用手敲着自己的脑袋。

向然又点开了易水拍的照片。这个女子身上有着浑然天成的忧郁，向然想这到底是怎样的一个女子。为什么他看到这个女孩的背影会有一种特别熟悉的感觉，好像之前见过，好像似曾相识？这种感觉让他自己都觉得莫名其妙。

"夏夏，进来一下。"向然的声音传来。

夏夏走进向然的办公室问："向总，报价单我已经给供货方重新修改了，您还有别的指示吗？"

"没有，这事你负责跟进就行。"向然说"我是想问你……她……那个……易水是你朋友？"一向果敢的向然一反常态，吞吞吐吐。

"是。"夏夏回答得很简洁，这显然不是向然想要的答案。

向然老练地套话："你这个朋友文章写得不错，照片拍的很有意境嘛。想不到你还有这么有才气的朋友啊？"

"向总过奖了，那个没有什么事，我先出去了。"夏夏说完便退了出来。

向然什么都没有打听出来。以向然对夏夏的了解，夏夏应该接他的话往下继续侃侃而谈，说一些关于易水的话题才是，怎么一句"向总过奖了"就收住了呢？

这一天，向然的心似乎被某种东西牵引，易水的文稿他看了一遍又一遍。此刻他却坐在了电脑桌前，显示器上打开着一张照片，一个犹如百合一般清纯女子的照片，照片下显示着五个字："花开，我来过。"

向然看着这张照片，似乎闻到了百合花的香味，这股花香让他莫名心跳。他确定他曾经遇到过这个女子，是在哪里？

五

易水收拾着心情，决定回去，有些事注定要面对，她选择面对。

易水从出站口出来时，等待多时的夏夏都有点儿累了，不过她还是从拥挤的人群中一下找到了易水。挤过拥挤的人群夏夏傻笑着接过易水的拉杆箱，易水莫名的感动，她们姐妹的情一直那么浓，易水情不自禁地开口问："夏夏，晓萌，她还好吗？"

"啊？嗯？那个……不好吧？"

"其实我早想到了，晓萌肯定天天都在哭吧？"易水猜得到。

"嗯。"夏夏不再作声了。

夏夏还是开着那天的那辆试驾车，易水疑问："又跟你们老板借的？"

夏夏笑了笑说："这车现在是彻底归我了。"

"啊？你们老板送你的啊？"易水张大嘴巴，样子可爱至极。

"什么呀？我买的。我爸给拿的钱。"

易水浅浅地笑了，心底有一丝涩涩的痛，她很羡慕夏夏有一个宠自己的爸爸。易水想到她爸爸在世的时候也是很宠爱自己的。

夏夏小心地开着车，用余光观察着丽江归来的易水，始终猜不透她的悲喜。快到家时，夏夏说："易水，我有件事要告诉你，但你可别骂我啊？就是……就是你发给我的稿件，我错发给我老板了，我老板几次有意打听你的消息……"

易水看夏夏一脸难色，开口道："通过你打听我的人从大学时候就那么多，我骂你做什么？"

"这次不一样，向总和以前打听你的人不一样。他……"夏夏有些着急不知道该怎么表述。

"有什么不一样的？"易水反问。

夏夏一时说不上来。

进了家门易水发现餐桌上已经摆好了饭，转身对着正在放箱子的夏夏说："你还给我做了饭啊？我肚子是真饿了，本想着到家泡方便面的。"

"那是……呵呵呵。"夏夏回答得极为别扭。

"知道你对我好，所以给你带了礼物，自己开箱子找吧？"

"不会吧？你可是没有给人带礼物的习惯啊！"

"习惯改了。"

两人斗着嘴的工夫，易水已经洗好了手坐到了餐桌前，拿起筷子，准备吃饭了，而夏夏也找到了易水给她带的礼物。

"这饭是不是晓萌做的？"

"哇——纳西族的包包哎，我好喜欢。"

两人几乎是一起发出的声音，不过易水面无表情，夏夏一脸欢笑。

易水放下筷子不怒不嗔，看着拿着包包的夏夏说："说吧！怎么回事？"

夏夏赔着笑说："我跟晓萌说你今晚到，晓萌想着你这几天在外面没吃好，说要给你做饭，所以我去接你了，晓萌在家做饭，做好饭后，晓萌又怕看见你，所以先走了，事情就是这样子的，你要骂就骂我吧？

饭你要是不吃，我给你泡方便面，但是你别生气，我这就把饭倒了。"
夏夏一口气说完，把包包放下，去端餐桌上的盘子……

易水轻声说："放着，我吃。"

夏夏仿佛听到了易水心中的坚冰融化的声音。

"我知道你喜欢民族特色的包包，专门给你选的。"易水一边吃饭一边说。

"箱子里还有一对阿厦丽驼铃，是带给杨光和晓萌的，你走的时候带上，给他们。"易水说得依然很轻。

这天易水出现在了一家五星级酒店门口，她要去看一个人，她的哥哥易山。

易山和易水是龙凤胎，从小易山就让着妹妹易水，也几乎是妹妹的保护神，在学校不允许任何人欺负妹妹，易山从小就调皮捣蛋，妹妹易水却刚好相反，易山和易水上到六年级的时候，父亲在一次意外中去世，母亲拉扯他们二人不易，初中还未毕业，易山就放弃了上学，偷偷跑去技校学了厨师，父亲过世后的三年，母亲改嫁打算带他们兄妹去外地。易山对母亲说："我和易水哪儿也不去，妈，我和妹妹不能耽误你的幸福，你去吧！我能照顾好妹妹！"

母亲改嫁之后，给他们留下了父亲全部的抚恤金，过年过节母亲也会给他们兄妹寄点儿钱，可是都让易山给寄回去了，他俩知道母亲也不容易。

这些年都是易山在照顾着易水，易山不让妹妹受一点点苦。易水上高中时，每天早晨起来，易山都已经给她准备好了早饭。特别是在备战高考的那段时间，易山更是将易水照顾得无微不至。易水的成绩本来可以上外地很好的院校的，不料想她只报了西宁市当地的院校，除了和杨光在一起之外，更多的是怕哥哥易山担心她。

外人眼中的易水对所有的人和事都冷冷的，冷到不附带任何的感情色彩，可是唯独对哥哥易山特别黏，只要易水跟哥哥撒娇要天上的星星，易山也会想办法给摘一颗的。

易山从厨师学校毕业之后，在餐厅打工，打工所得的钱全给了易水做生活费。易水也很心疼哥哥，上大学的时候，易水拿到摄影比赛的第一笔奖金时，就拉着夏夏去了商场，给哥哥买了一套衣服。易山穿上妹妹买给他的衣服，哭了，抱着易水哭了，易水也哭了！在一旁的夏夏都跟着落泪了。

易山一直很努力，从当时的小学徒，现在成了酒店的厨师长了！易水大学毕业的那一年，易山拿出自己的积蓄把他们的房子重新装修成了易水喜欢的风格，并让易水毕业就回家来住，而易山却搬到了酒店给安排的宿舍，或者易山是觉得易水长大了，兄妹在一起住难免不方便。

“你好。我找易山，这儿的厨师长。”易水礼貌地对迎宾小姐说。

“你好！请随我来。”一身红色旗袍、身姿婀娜的迎宾小姐带着易水往里走。易水忽然想起之前夏夏跟她说过易山找了一个迎宾小姐做女朋友，她就好奇地开始张望：“迎宾小姐做女朋友？会不会是这个？”又回头看了一下另几个，到底哪个才是哥哥的女朋友？

从后厨出来的易山和易水真有几分相似，一身不太合体的白色工作装丝毫掩不住易山的帅气和精神：“丫头，你怎么来了？怎么也不提前打个电话啊？”易山对妹妹的疼爱全在眼里。

“哥，我这是临时查岗呀！”易水噘着嘴，这个小表情，易水只有跟哥哥在一起的时候才会有。

"哥，夏夏说，你找了一个迎宾小姐做女朋友，是哪一个啊？"易水调皮地问。

易山听易水这么一问，哈哈大笑道："你听夏夏那个傻妞瞎掰，哪有的事？"

易水也笑了，调皮地问："是不是刚刚带我进来的那个啊？"

"不是。"

"真不是？"

"真不是。"

兄妹俩说着都笑了，看得出来易水跟哥哥在一起的时候是很开心的。

易山看着强颜欢笑的妹妹，忽然很自责，易水和杨光的事他从夏夏口中得知一二，他不想让妹妹承受那样的伤害："小水，是哥没有照顾好你。你和杨光的事，哥听说了。哥哥……不知道怎么样才能让你好受些！"

易水吐了一口气，摆摆手笑了笑说："哥，我真的没事，能吃能喝能睡。你看我现在不是挺好的吗？"

易山不再接话，他太了解自己的妹妹了，表面上若无其事的她不管遇到什么事都压在心底，就连当初母亲改嫁要走的时候，易水都装着异常平静，易山知道其实妹妹总是从梦里哭醒。

六

　　向然跑了无数遍报刊亭后，终于找到了载有易水那篇文章的杂志，如获至宝，他抑制不住激动地问老板："这本杂志之前没卖完的还有吗？"

　　"这本杂志很紧俏的，以前的都卖完了。"

　　"好。谢谢。"

　　向然看着变成铅字的文章，看着杂志上的照片，看着照片里的那张背影，读着文字背后作者的痛和忧郁，他多了几份莫名的情愫，这个女孩让他有种奇妙而又很美好的感觉。忽然，向然记忆中某个部分的闸门瞬间被击开了一样，他想起来了，他真的想起来了，这个女孩他的确遇到过。

　　大概是四年前在胜利路华润万家超市的入口处有个红牛的兑奖台，有个穿着红色促销服的女孩低着头写东西，促销台旁边围着几个家长和小孩，他看过去的时候，那个女孩刚好直起身子抬起了头，那一瞬间他呆了，这女孩就像是从他心里丢失过现在又出现了一样，他站在原地那看了好久，只是那个女孩忙着给顾客兑奖根本没有注意到他，后来，他接到公司的电话有急事就走了。第二天他迫不及待地又去了华润万家超市，可是他没见到那个女孩，几番打听，才知道红牛的促销活动已经结束了……他只知道那个女孩是来勤工俭学的女大学生，关于那个女孩所有的消息到此为止。

向然记得那一天的自己特别失落，这几年来他经常会想起那个女孩，刚开始的时候女孩清丽的脸庞能完整地出现在他的脑海里，后来女孩的模样开始变得模糊，再后来干脆一点儿也想不起来。虽然白天的时候想不起来，但是梦中有时会清晰地梦到他最初见到女孩的那个场景，等早上醒来，女孩的模样又开始变得模糊，也许这就是一个人过度想念另一个人的时候才有的状况吧！

到最后他甚至还相信了一种迷信的说法，就是上辈子错过的人一定会在今生遇到，遇到后就会有失而复得的感觉。他听到这个说法的时候就一下子想到了那个女孩。这几年他去过多次那家超市，再也没有遇到过那个女孩，他猜想着女孩早已毕业嫁做人妇了。他万万没有想到，时过四年，他还会再次捕捉到这个女孩的消息，只是这个长在他心里的女孩比先前更忧郁了。

向然脸上有一种笃定的平静，他伫立在窗前许久，他想，不管发生什么事，他再也不要错过这个女孩。

在一家很精致淡雅的咖啡馆，轻缓的音乐淡淡地流淌着，易水找了个角落的位置坐定，夏夏坐到了对面。

"小姐，请问你们喝点儿什么？"侍者礼貌地询问。

"一杯白开水，一杯红枣桂圆滋补茶。"夏夏没有接侍者递过来的茶水单。

"夏夏，晓萌和杨光的事……"易水终于发问了。

夏夏没有急着向易水解释杨光和冉晓萌的事，反问道："易水，你和杨光八年，你从没让杨光拉过你的手，是吗？"

易水难为情地不知道该作何回答。

　　夏夏继续说："不许你拿你是处女座，厌恶被人碰到身体这样的理由来搪塞我。"

　　易水只好开口："是，是，没拉过手，这个，你知道的呀！"

　　夏夏笑了，接着问："那你去外地采风的时候挂念过杨光吗？"

　　"我也挂念你和晓萌啊。"

　　"那我跟晓萌和杨光相比，你更挂念谁？"

　　"都差不多吧。你怎么问这些？"

　　"易水，我说话，你别生气，你对你和杨光的这种关系定义更像一般的朋友关系啊。情侣不该像这个样子的。"

　　"可是我和杨光八年了，他一直在我身边，我有什么事，他总是第一个出现，晓萌和你是我最好的闺蜜，她怎么能抢我男朋友呢？"

　　"易水，你只是习惯了有个叫杨光的男朋友在第一时间帮你而已，而'男朋友'这个称谓是周围的同学朋友冠上的，你对杨光并没有特别亲密的感觉，是吗？"

　　"习惯？"

　　"对，习惯。你俩从高中就在一起，一直到大学，再到大学毕业，杨光一直守护着你，而你一直习惯了杨光的这种守护，但是这种习惯并不是爱。"

　　夏夏说完这些，易水手握着清澈透明的水杯沉默着，她的脑子里一直不断地放大着两个字：习惯。

　　从咖啡馆出来，夏夏要送易水回去，易水说她想一个人走走，夏夏不再坚持。

　　终于走到这条街，街两边长着粗壮的垂柳树，易水特别喜欢走在垂柳树下，看婀娜的柳枝在细风里起舞，每一次自己心情不好的时候，她便来到这条街。

易水走得很慢，她还在想着夏夏说的那些话，在丽江的那些天，在她的潜意识里，她想到过这些事情，可是经夏夏这么一说，她的思绪再一次变得杂乱。

一辆黑色的小轿车同样行驶在这条街上，开车的人英俊有型，目光深邃。当那个照片中的女孩突然自街边闯进了这个人的视野时，他惊呆了，瞬间有种不知道怎么呼吸的感觉，莫名的心跳加快。一人一车，相向而行，车外易水低头心有所思，车内的人则侧目张望心如鹿撞。

在即将错过的瞬间，向然猛地踩住了刹车，在这条单行道上迅速掉头，跟上了易水。

车里的向然，看着易水娇弱的背影满是忧郁，这种浑然天成的忧郁让他心疼，让他有一种特别想保护她的欲望。这种欲望，四年前他第一眼看到易水的时候就有了！

他看到易水接过一个电话后，走向旁边小游园的方向。他顾不得找停车位，赶紧靠边泊车，从车上跳下来跟上了易水的脚步。他不知道跟在易水的后面下一步要做什么，他会走近易水吗？会不会显得唐突？会不会吓到易水？

易水的长发在风中起舞，荡起了向然心中层层波澜，他就这么不紧不慢地跟着，易水找了一个亭子，擦拭干净石凳和石桌，从包里拿出了一本书。

一个精神帅气的男孩出现在了向然的视野，径直走向易水，易水起身，向然看到了易水脸上泛起了难得的笑容，男孩摸了摸易水的头……

　　向然看到这一幕，默默退出小游园，驾车离去。有一种感觉不可名状，原来他心心念念的人，身边已经有保护她的人了。他的心里是酸？还是疼？他苦苦地笑了，笑自己连酸和疼的资格都没有。

　　走向易水的那个男孩是易山，是夏夏不放心易水一个人在街上，让易山去看易水的。

　　"哥，你在电话里说我落了东西在你那儿？"

　　"傻瓜。"易山说着摸了下易水的头，"哥是担心你一个人，所以过来看看。"

　　易水鼻子一酸说："哥，我没事的。"

　　易山对妹妹易水的疼爱全在眼里："哥想让你好好的。"

　　"哥，我挺好的。"

　　夕阳下的小游园里，兄妹俩相对而坐。

　　"易水，哥知道你为杨光和冉晓萌的事情伤心。"

　　"杨光妈妈给我打了好几通电话说这几天就过来筹备婚礼，可我和杨光这种情况……我焦虑的是不知道怎么跟阿姨说这事儿，阿姨对我一直很好。"易水无奈地说。

　　"等杨光妈妈过来，再解释这些吧。"易山宽慰着妹妹。

　　易水沉默了一会儿儿，说："哥，过几天我俩去看看妈妈，好不好？"理不清这么多错乱的事情，易水很希望能有妈妈陪在自己身边。

　　易山点头。

　　"哥，我真的没事，你早点儿回去吧。"易水笑了笑说，站了起来。

　　"哥送你。"

　　"不用了。我想自己走走。"

　　"那……"

"哎呀！哥，你还能跟我一辈子呀？走吧，我没事的。你看外面街上人来人往的，你还怕有人劫我呀？我又不是小孩子了。"

夜色渐渐笼罩着这个城市，华灯初上，这个城市的喧闹并没有结束，相反才刚刚开始。在人流和光影中穿梭，易水却感觉自己正走在一个黑暗无人的深巷中，拥裹着她的，是深深的孤独。

向然手托着一杯咖啡，站在窗前。入夜的城市一片流光艳影，在他眼前却逐渐模糊掉了，他眼前只有走向易水的那个帅气的男生，还有易水露出的难得的笑容……他掏出手机，找到夏夏的号码，拨出去，又马上摁掉了。他察觉到夏夏似乎不愿跟他提到易水，她是在保护她吗？

向然进入了易水的QQ空间。他细细看着易水写过的每一篇日志、每一条心情说说，还有易水上传的照片，和她在留言板里的留言。

点开微信，在"添加朋友"里面输入了易水的QQ号码进行搜索，"乌江等项羽"，嗯？这样的微信名儿？向然点了"添加到通讯录"，接下来他能做的只有等待，而等待是最煎熬的。

十分钟……三十分钟……一个小时……

微信如一个历经红尘俗事的智者，看着世间痴男怨女的悲欢离合，沉默不语。

易水坐在另一台电脑前，写着自己的心情日志《面对》：

……

八年前的自己还是花季少女，相遇，便是美好，我以为这种美好会一直延续，一直会是当初的颜色，一如往昔地绚丽。如今被说成一种习惯，我不知道习惯有多么可怕，可怕到连面对都需要很大的勇气。

……

　　易水写完了长长一篇，吐了口气，关机。

　　躺在床上的向然又一次拿起手机，易水还是没有加他，这一夜他辗转反侧，而另一张床上，易水却已经平静地进入了梦乡……

七

　　周一早晨是公司的例会。向然黑色的衬衣套着裁剪得体的黑色西装，犹如一匹黑马，步伐矫健地走进会议室，夏夏以及各部门的负责人已经坐定。

　　开会时运筹帷幄，听着各部门汇报的工作，或肯定或指示，一个小时左右的会议很快结束，各部门负责人出了会议室，夏夏收拾好会议记录本也要出去时，被向然叫住了："夏夏，你这几天有空帮我查一下我车的违章记录。"夏夏说了声"好的，向总"，就出了会议室，她在心里嘀咕，向总是做事很谨慎的人，车子怎么会违章呢？

　　下班，向然刚出公司的大门，就看到了易水。今天她换了一副休闲装束，长发扎成马尾辫，背着个双肩包，浑身散发着青春活力。她似乎在等人，看见他出来，眼睛稍停留了一会儿，便看向了他的身后。向然感觉到自己的心跳又加快了，他嘲笑自己，都三十五六岁的老江湖了，看到姑娘居然还脸红心跳的。

　　后面跟着出来的是夏夏。易水见夏夏出来喊道："夏夏，这儿。"

　　夏夏跑向易水，问："易水，你怎么来了？我在这里上班多年，你可是第一次来公司找我啊！"

　　易水浅浅地笑了说："我就是过来等你一起吃晚饭的，还惹出你这么多话。"

　　夏夏抿着嘴，挽着易水的胳膊走向停车的地方。

　　向然在车里一直看着易水上了夏夏的车，看着车出了停车场，他鬼使神差地发动了车子，又跟了上去。

　　夜，向然开着电脑，在易水的空间看到了一条说说动态：后天，向着敦煌，温暖而行。

　　就是这条说说让他做了一个本不该是他这个年龄该做的决定。

　　他开始从网上查去往敦煌的列车车次，直接在网上订了票。他要跟随这个女孩的脚步。

　　向然不确定能和易水乘坐同一列车，更不确定能在陌生的敦煌街头遇到易水，他只想跟随易水的步伐，离她近一点儿，再近一点儿。真是够幼稚的想法。

　　向然背着大大的双肩包站在火车站候车厅，他环视着四周，张望着，寻找着他想寻找的那个人的身影。当还是那一身休闲打扮，马尾甩甩的易水出现在向然眼里时，他的嘴角扬起优美的弧度，心中盛开了一朵一朵的花。

　　缘分，妙不可言。

　　检票进站的人群犹如潮水一般汹涌，易水被人群挤在外面，她漠然看着你扛我挤的这些人，一副见惯世面的模样。向然被人群带进了进站口。被人群挤得七荤八素的他想不通：易水为啥每次出门非要赶火车，而不是飞机呢？

　　易水喜欢坐火车，火车和铁轨接触后发出的声音让她有一种安全感，火车，也是她出门首选的交通方式。

　　上了火车，易水放好了自己的东西，手托着下巴，看着窗外的景色，不知道这是她第几次外出了，每一次出去的心境都不尽相同。易水掏出手机给哥哥发了消息说有拍片任务，看妈妈的事儿得往后拖拖了，可能易水的心里还是很抗拒去看望妈妈的吧！

从丽江回到西宁的几天，她原是要去看望冉晓萌和夏夏的，这么快又接到拍片任务也不算是坏事，或许有些事拖着拖着也就过去了。

列车员开始换票了，易水收好了卧铺牌，坐到过道窗边的座位上，拿出一本书正要看时，手机响起来。

夏夏在电话里说："易水，你走了吗？"

"嗯，已经在火车上了。你帮我照顾我的花和鱼。"

"知道啦。易水，有一件事我没有跟你说，我觉得还是要跟你说的。"

"什么事？"

"就是，就是晓萌怀孕了。"

"……"

"易水你在听吗？"

"……"

易水的心猛地就疼了，她恍然收了线，看着窗外急急往后退的风景，她感到一阵眩晕，拿在手里的书也掉了下来。

向然很多年没坐过火车了。当他费了很大劲才给自己的双肩大包找到了一个藏身之地后，顾不得坐下来喘口气，便开始一节一节卧铺车厢寻找易水。

当他走过了四节车厢，终于看到了正在打电话的易水时，他的心又狂跳起来。他装作目不斜视经过她身旁，心里琢磨着对策，没想到这时候易水挂了电话，身子微微一晃，手里的书正掉在自己脚面上。

向然停下来，弯腰捡起书递给了易水，易水点头微笑示意感谢，可是向然分明从易水微笑的脸上看到了她心底的痛。

火车很快将时光拉进了黑夜，易水无心吃泡面，更无心洗漱，早早地爬上了上铺，她不知道离她只有一个隔断外的上铺躺着的是一个叫作向然的男人，更不知道向然是因为她才会在这列火车上费了很多劲，才换来了和她只有一个隔断相隔的上铺。

易水无眠。

那边的向然能感觉到易水的辗转反侧。这一刻，他多想把这个女孩紧紧拥在怀里，给她他所能给的一切。

黑夜里，易水听着火车呼啸的声音。她以为自己已经不在乎杨光和冉晓萌了，她以为自己已经能接受了，可是当听到冉晓萌怀孕的那一刻，她还是真实而清晰地感觉到心在颤抖了。

她讨厌这样的自己。处女座的女孩常在潜意识里责怪自己不够美好，易水也不例外。

向然也无眠。他一次一次地问自己，要不要走进易水的世界，能不能走进易水的世界。一个隔断，隔着两个各有心事的人。

天刚微亮，向然从似醒似睡中睁开了眼睛。他从上铺爬下来，就看到了不一样的易水。她已经洗漱过了，脸上薄施粉黛，换上了一身粉色系的运动装，脚上穿着白色的运动鞋，在过道里优雅地舒展着被逼仄的铺位困窘了一夜的身体。车窗外朝阳暧昧地刚刚露出半截身躯，橘色的阳光柔柔地投射在易水美丽的脸庞上，渲染出一层圣洁的光辉。

易水注意到了向然，认出他就是昨天帮她捡书的那个人，向他友好地点点了头。向然张了张嘴，想要打个招呼，却什么也没说出来。

易水又对他笑了笑，拿起放在过道小桌上的书，坐下认真地看了起来。

易水从敦煌火车站出来，钻进一辆出租车直奔敦煌市区，她乘坐的出租车后面跟着向然，易水却浑然不知。

易水每一次出门之前，都要提前从网上订好酒店的，易水顺利入住。正值敦煌旅游旺季，向然却没有那么好运气。

"对不起，先生，我们已经客满了，很抱歉。"酒店前台的小姐礼貌又客气地说。

"那没有客人马上要退房吗？"向然急了。

"对不起，先生，暂时没有。"

"那我能等吗？"

"可以，请到那边沙发先休息，一有退房我会马上通知您。"

从街上回来的易水推着酒店的旋转门要进来时，向然一身白色的T恤，浅蓝色的牛仔裤外加白色的板鞋，推着旋转门的另一边要外出找吃的，易水似乎从来就不注意自己旁边的人和事，永远在自己的世界里，目无旁人地与向然擦身而过。而向然隔着门玻璃看着易水，短短的几秒，他的心又一次跳到了嗓子眼。

易水回到酒店的房间，身上已是一身汗，她走进卫生间打开花洒，水从易水的头流到了脚下，"晓萌怀孕了"这五个字自夏夏说完就一直在她的脑海里，此刻一旦静下来，反刍的滋味更令她难受。易水重重地坐在冰凉的地上，头深深地埋在怀里，蜷缩成一团，任花洒流出的水打在身上。良久，她关掉了水龙头，用手抹干了脸上不知是泪还是水的东西，告诉自己："是的，就像夏夏说的，我和杨光在一起只是习惯，而冉晓萌和他在一起才是爱情。习惯终将让位给爱情，那么现在让位并不晚。我早就应该祝福他们。"

凌晨4点，易水穿了在火车上的那一套浅粉色的运动装，出了酒店，打车赶往鸣沙山。

从骆驼上下来，易水弓着腰双手护着相机，小心地行走在悬梯之上，生怕一个晃悠就从沙山上滚下去。

太阳出来了，霞光刺破了近处的云海。然而在易水的背后，却仍是天青云淡，安静祥和，仿佛什么都不曾发生。

对。仿佛什么都不曾发生。易水想。

前方是个山口，视线一转，一泓清泉惊现在易水眼前。这该是月牙泉了吧。

对于月牙泉的盛名，易水早有耳闻。今日一见，却觉得它奇特得有些莫名其妙，甚至有几分怪异。茫茫沙海，何以有这样一汪泉水，还呈现出如此独特的月牙形？

月牙泉、鸣沙山二者合一，泉水碧绿，如翡翠般镶嵌在金子似的沙丘上。泉边芦苇茂密，微风起处，碧波荡漾，水映沙山，蔚为奇观。

八

向然一早起来，又在酒店大厅的沙发上坐着了，他想等到易水出来后远远地跟在身后，可是太阳已经老高了，还不见易水出来，不禁在心里泛起了嘀咕：这姑娘可真是能睡啊。眼角却瞥见易水满脸倦容，脖子上挂着相机一瘸一拐地走进酒店大厅。向然心头一疼，想扑过去扶着，忽然意识到这样很不合适，会吓到这个娇弱的女子，他又不安地坐回到沙发上，看着易水缓缓地走进电梯。向然心里一紧，他一大早就在酒店大厅了，这姑娘什么时候出去的？怎么还走路一瘸一拐的呢？到底发生了什么了？

向然看着易水的电梯慢慢合上，他快步走到酒店前台对前台小姐说："你好。我是810房间的客人，这是我的身份证和房卡，请问刚刚进去的易水小姐住几号房？"

"先生，请问您是——"

"哦，我是她男朋友，那个，我们这几天闹点儿小矛盾。所以……"向然不自主地撒了一个并不高明的谎，一向心思缜密的他只要遇到易水阵脚全乱。

前台小姐核实了向然的信息并告诉他，易水住在612房间。向然道谢后走到电梯口，又转到前台说："能让你们的楼层服务员去看看易水小姐为何刚刚进去走路一瘸一拐的，是不是崴脚了？"他知道自己并不能贸然地去敲易水的门，他还没有找到能跳进易水世界里的那条路。

"好的，先生，您稍等。"前台小姐说完给楼层服务员拨通了电话。

易水回到酒店，第一时间脱掉了鞋子，拿过垃圾桶，从鞋子里倒出来好多好多的沙粒，这就是她不租鞋套的后果，沙子钻的满鞋子都是，她又不能当众脱鞋把沙粒倒出来，因为她觉得那样很不雅，终于忍着痛，带着两脚的沙子一瘸一拐地到了酒店，看着垃圾桶里倒出来的沙子，易水坐在地上笑了，傻傻的。

正当她笑的莫名其妙时，一阵敲门声响起，易水踩了拖鞋去开门，一个服务员站在门外。

"有事吗？"易水礼貌地问。

"小姐，你刚刚走路一瘸一拐的，你脚没事吧？"

"没事，只是沙子进到鞋里了而已。"易水不好意思地说。

"那打扰小姐休息了。"服务员说完走了，易水关上房门，心里有小小的感动，因为服务员的关心。

向然也回到了房间里，他嘱咐过前台小姐，如果再看到易水出去，就给他房间打个电话，他是那么的不放心易水一个人在陌生的街头孤独地流浪，对，是流浪。前台小姐看他一脸真诚，便答应了。帅哥就是好。

还是一袭白色长裙，白色的帆布鞋，帆布双肩包，唯一不同的是，这次易水戴着大大的帽子用来抵挡阳光，当她出现在酒店大厅要出去时，向然接到了前台小姐的电话，也紧随其后。

易水上了一班刚好经过她身边的公交车，跟在易水身后不远的向然，看着易水上了公交车，赶紧拦了一辆出租车跟着。

上了公交车的易水，站在人群中间，公交车停站，有人下也有人上，看着窗外的风景，别人根本看不出她心中所想，她就这么淡然地看着陌生的人和景。

"师傅,这趟公交车开往哪里啊?"向然看着前面的公交车根本就没有要停下来的意思,就问出租车司机。

"这公交车是开往郊区的。"司机说。

"那离终点还有多远?"

"那还远着咧。"

向然一直注意着易水会不会中途下车,就一直死盯着公交车。

公交车终于到终点站了,向然看到从车上走下来的易水,给了出租车司机车钱并道谢下车。

要去哪里易水也不知道,她就是喜欢走自己没有走过的路去看不同的风景,易水走过一条狭长的巷子,左拐右拐再向前转弯,她看到了一片好大好大的杏子林。

易水看着眼前的一片杏子林,树上结满了香气四溢、果皮金黄、色泽油光鲜亮的大杏子,就像发现了新大陆一样兴奋和惊奇。林子里有很多人在忙碌地摘着杏子,一筐一筐的金黄的杏子放在树下,易水闻着香气,慢慢地走近那片杏子林。

向然看着易水咬了一口杏子在嘴里,高兴得像个孩子,吃了好多杏子后的易水,开始拿出相机拍照,拍和蔼的摘杏子老妇和给她送了杏子的小孩子,还有忙碌的人们以及满树的杏子。

晚上,洗完澡后的易水换上了睡衣,准备打开电脑筛选稿子里要用的照片时感到一阵胃痛袭来,她忍着痛,一张一张地看着白天拍的照片。

胃痛越来越严重,易水合上了电脑,打开拉杆箱里拿自己常备的药,却发现胃药早已经吃完了。

易水捂着胃躺倒在床上,痛。易水想也许是一天没吃饭,空腹吃多了杏子的缘故。一直胃痛,让易水觉得不能忍,她从床上起来,换好了衣服，她得去买药。

电梯下到酒店大厅，一脸病容的易水来到前台问服务员附近是否有药房？

"小姐，前面十字路口左转有个药店，可是这个点，药店应该下班关门了吧？小姐，您是哪里不舒服？"

"胃有点儿痛，我去看看。"易水说完转身出了酒店。

"小姐，这么晚了，让酒店保安陪你吧？"

"不用了。谢谢。"

躺在床上的向然想着白天易水的样子，嘴角扬起一丝微笑，这个姑娘的一颦一笑都印在他的脑海里。笑？向然记得每一次见到易水时都是满身忧郁，就像这忧郁和易水是浑然天成的，从没有笑过，她像是冷美人一般，不对，易水笑过，向然见过，在那个小游园，看到那个英俊精神的小伙子时，易水笑过的，向然又一次开始琢磨那个男孩子到底是谁，心底掠过一丝酸涩。

酒店的电话铃声把向然拉回到眼前，"您好，先生。刚刚您的女朋友出去了，说是胃痛要去买药。"

"我女朋友？"向然一时蒙了，猛地反应过来，急忙问，"易水出去干什么了？"

"易水小姐说她胃痛，出去买药了。"看来向然对前台小姐的叮嘱是有用的。

向然接完电话从床上一个激灵下床，各种担心在心头，他打开自己的双肩包，迅速换好衣服，拿出药，直奔电梯口。

向然的双肩包里备了各种药，独自外出，备点儿药总是必需的。

向然到酒店前台问了前台小姐，易水是往哪边走的，得到酒店小姐的答复后，匆匆而又不失风度地跑出酒店。

在路的转角，他看到了路灯下被胃痛折磨的易水，默默低着头，柔弱的像一片树叶，向然想把她紧紧地抱在怀里，可是他不能。

药店没有开门，易水没买上药，想着还是回去睡吧。或者天亮胃就不痛了，以前也是这样，易水的胃莫名其妙的会痛，熬一阵儿，就又不痛了。

"易水。"一个很好听的声音传进易水的耳朵里，是谁会在陌生的街头喊自己的名字？易水警惕地看向四周，她看到了一个帅气的男人在离自己几步远的街角。

这个男人看着易水，又唤了一声："易水……"

易水看着站在路灯下的向然，戒备心和防卫心十足地说了一句："你是？我不认识你。"或者是因为胃痛，她的话没有温度、没有感情。

"我是你的读者……也算是你的粉丝，你在旅游杂志上的文章我都有看过……我听前台小姐说你胃痛，哦……我们是住同一家酒店的。我住810房间的。"

向然看易水走了不理自己，转身追上去对易水说："这是胃药。"

易水没有搭理向然，更没有接向然的药，反而加快了脚步回到酒店。酒店的大厅灯火辉煌，易水稍稍安心，走到电梯口，转身看到了向然的脸，对，是脸，她似乎记得她见过他，是在哪里呢？易水看向然一脸诚意，周身散发着儒雅气息，倒也不像是坏人，便开口问道："我们……我们是在哪里见过吗？"

向然有点儿激动，这激动是因为易水终于能和他说一句话了，似乎还对他有印象，他忙说："火车上，我帮你捡过书。"他回答得这般简洁。

电梯来了，易水进去摁了六楼，向然也进去，摁了八楼。

"这是胃药，你按说明书吃就行了。"这是向然第二次给易水药。

易水看着向然手里的药，没有接。电梯到了，易水出去了，向然不知道该不该跟着出去时，犹豫之际，电梯门重又关上，带他到了八楼。

回到房间的易水越发觉得胃痛了，更让她觉得莫名其妙的是半夜碰到的这个男人，送药？她喝了口热水，倒在床上，痛。

向然回到房间对易水的担心不减分毫，他开始着急，坐立不安。易水房间的敲门声响起，她打开门，门口站的是向然。

向然一本正经地说："易水小姐，这是我的身份证，我叫向然，这是我的房卡，我住810房间，你放心，我不是坏人，这是胃药，你按说明书吃就行。"向然说完这些，把身份证、房卡和药塞在易水的手里，易水的指尖传来丝丝温暖，向然转身走了。

这会儿蒙的人是易水。

易水拿着向然的身份证，原来这个人和自己是同一个城市的，又看了看房卡，还真是住在一个酒店的。

又是一阵敲门声，站在门口的还是向然，笑得有一丝尴尬："那个……没有房卡，房间回不去。"

易水看着站在门口风度翩翩的向然，转身给他取了他的身份证和房卡。

"药……谢谢你了。"易水不好意思地说。人家几次给药自己不接，连带着人家都把身份证拿出来当证明了。

"你……好好吃药，好好休息。晚安。"向然说得很紧张。他快速回到房间，很久怦怦跳着的心才平静下来。他笑了，三十五岁的自己，怎么就激动得像一个十五岁初识爱恋的青涩少年？这个忧郁的姑娘，真的有这么大的魔力吗？

易水久久不能入睡，辗转反侧，向然送来的药真的还蛮管用的，胃痛的感觉在慢慢消失，她忽然觉得好奇怪，自己居然会接受一个陌生人的药，这完全不像自己。不想了，易水关上灯，戴上眼罩，入睡。

第二天，向然早早醒来，心中依然满是欣喜，因为易水肯接受他的药了，心头不由得又担心起易水有没有好一点儿。

易水洗漱完到酒店一楼去吃早饭时，远远瞥见了向然也正在用餐，阳光透过窗户照在坐在窗户边上的向然身上，易水忽然觉得这个人给她一种很暖很暖的感觉。此时的向然一身休闲装，显得年轻又精神，向然也注意到了易水，两人目光对视，易水微笑点头算是感谢向然送药。面对向然投来的炯炯目光，那目光那般深邃而又如此温暖，仿佛还带着对她的心疼，易水心底竟有一丝莫名的异样，匆匆吃完早饭，回到了房间。

离编辑约定交稿的日子快到了，易水快速地整理了一下思绪，打开电脑，开始整理照片和撰文，这一天她都待在酒店的房间没有出门，中午的时候只是泡了一桶方便面，稿子整理完已经是下午了，打包发到了夏夏的邮箱。

写完稿子的易水周身轻松，她想起了那个送药的人，那个在早餐厅里优雅地坐在晨光里吃饭的男人，那个忘记了姓名，或者根本就没想过要去记他姓名的男人，那个在异域他乡，竟然给了易水心底一丝丝温暖的男人。

易水想起大学时，也是这样的一片晚霞天，思绪飘远的她旁边陪着的是杨光，杨光似乎是蓄意了很久，小心地把手搭在了她的肩上，她一个激灵抓起杨光的胳膊甩了出去，力度大的让自己吃惊，留下了一脸尴尬的杨光。易水不明白，大学校园里的那些女生怎么能让自己的男朋友又是牵手又是亲昵的，为什么杨光一碰自己，她就觉得浑身不适呢？

晚霞很快被夜幕代替，易水不自禁地想了很多关于杨光和冉晓萌的事，她依稀记得杨光曾问过她："易水，你爱我吗？爱过我吗？"那是快大四时候的一个周末，宿舍里的人都外出了，只有易水一人，杨光买了食堂的饭送来给易水，易水吃晚饭后坐在电脑前修照片，杨光俯身刚要亲吻易水的头发时，易水"嚯"地就站了起来，杨光"啊"的一声，捂紧了下巴。易水愠怒地问："你想干吗？"话里没有温度，只有冰冷。杨光羞恼地问："易水，你爱我吗？爱过我吗？"不等易水的回答，转身离开了易水的宿舍。

易水到现在都回答不了杨光的这个问题，爱过？还是没爱过？还是一如夏夏所说只是一种被爱的习惯？而冉晓萌一直一直那么照顾易水，怎么就和杨光在一起了？她要怎么和杨光妈解释？易水不想再想这些了，街上的路灯开始亮起，不如去逛逛敦煌的夜市吧。

敦煌的夜市，别样的精致，最让易水震惊的就是版画，一幅幅以葡萄及敦煌文化元素、民族风情、地域风貌为题材的版画作品在敦煌的夜市处处可见，堪称精美绝伦，易水在心底不由地感叹能工巧匠真是在民间呀！她端起手里的相机，敦煌的夜市，夜市上的木版画，还有木版画的工艺店，以及处处挂满的丝巾还有小骆驼工艺品都刻在了易水的相机里。只是易水不知道的是，在夜市的一片热闹和人来人往中，有那么一个人一直跟她的不远处，而这个人的眼中只有她。这个人心里还在疑惑着就算是在陌生的街头陌生的环境，为何他所见的易水处处透着让人心疼的忧郁呢？这个人是向然。

从夜市回来的易水手里多了很多东西，有漂亮的丝巾，还有小骆驼，还有一幅木版画，这些都是易水用心挑选的。而向然的手心里只多了一条 DIY 手链，这是在夜市他看到易水在那个摊前驻足很久，可是做手链的人很多，等易水离开后，向然才上前，给易水做了一条手链，花了 10 块钱，手链的珠子是卡通形象的 Hellokitty，珠子上有字，六个珠子连起来是"易水天天快乐"，这是向然的心愿，他想让易水快乐，天天快乐。

当晚易水订好了回西宁的车票，睡前又吃了两粒胃药，吃完药拿着那个药盒子看了许久，想起了那个人温暖的眼神，这让易水觉得特别奇怪，心情开始莫名的好了许多。

第二天一早向然接到前台小姐的电话追出酒店时，易水已不见踪迹，再追去火车站肯定买不上同一列次的火车了。他颓然地回到酒店，订了下午返回西宁的飞机票。

向然从机场直接回到公司后，让夏夏准备一份标书，夏夏正忙着准备标书的资料时，接到手机的短信，是易山的。"我在你公司门口，接你下班。"夏夏心头甜甜地看完短信接着要忙时，向然出来说："夏夏，下班，明天再忙。"

夏夏跟在向然的身后出了公司门，看到易山向自己走来。

向然看着面向自己走来的这个男子，脑子飞速地旋转，这个让易水露出难得笑容的男生怎么会出现在这里？

"向总，这是易山，我男朋友。"夏夏介绍着，"易山，这就是向总。"

易山问着向总好。向然礼貌地伸出手和易山握手。

易山，易水，原来，原来是这样，向然忽然觉得一片晴天。

九

易水经过一夜火车的颠簸，这天一早，从火车站出来时，看到了夏夏和易山。易山接过她手里的拉杆箱，夏夏挽着易水的胳膊说："易水小姐，舟车劳顿，让小的挽着您，您且慢些走。"

易水被夏夏逗乐了。

易山看着妹妹一脸倦容，肯定是这几天没休息好，心疼地问："小水，累了吧？"

易水懂得哥哥对自己的心疼，便说："不累，哥，对不起，说好去看妈妈的……"

"你工作的事要紧，你什么时候去看妈妈，哥都陪着你。"易山是真的很疼爱这个妹妹。

"对，嫂子也陪着你。"夏夏咧着嘴笑着说。

"什么嫂子啊？"易水疑惑地看着夏夏问。

"上车，上车再说。"易山笑了。

"你们俩什么情况呀？"易水有点儿呆萌。

三人说着走到了停车场，夏夏把车钥匙丢给了易山，拉着易水和她坐到了后排。

易山开车出了火车西站停车场，易水接着刚刚的话题问："快说，什么情况？以往都是夏夏接我的，哥，今天你怎么也来接我了？还有夏夏，你和我哥不是一直一见面就掐架的吗？"

易山开着车，笑着说："易水，这事得让夏夏给你说。"

"好，我说就我说，来，易水，你坐稳当了。"夏夏夸张着让易水坐稳，还拉着易水的手说："你哥，现在是我的人了，也就是说现在我就是你嫂子了，听明白没？"

易水扑闪着大眼睛看着夏夏有些不着调，特别想笑，终于忍不住笑了。笑的让眼泪都快出来了："你们这都开得什么玩笑？"

夏夏急了："你笑什么呀？你别不信呀。"

"易水，夏夏说的是真的，夏夏呀，喜欢你哥我喜欢了很多年了……"易山边开车边说，话还没说完，夏夏更急了："易水，别听你哥瞎掰，是你哥喜欢我好多年了，你别信他的，啊？"

易水看着哥，再看着夏夏，两人似乎和以前不一样，脸上的笑容里飘着恋爱里的甜蜜，看着他俩彼此打趣都这样的和谐自然，易水激动了，和夏夏抱成一团说："夏夏，太好了，你这个嫂子我认了。"

易水肯定想不到，她在敦煌胃痛到满大街找药店的那个夜晚，夏夏用醉酒的方式"拿下"了她喜欢了多年的易山。

那日易山在后厨热火朝天地炒菜，手机响了好几遍都顾不上接，等闲一点儿之后一看全是夏夏打的，他心里一紧：别是易水出了什么事啊。忙给夏夏回了电话。

酒吧高分贝的音乐响得震耳欲聋，酒喝得眼神都有点儿迷离的夏夏对着电话吼："易山，你干吗不接我电话？"

"夏夏，你打电话是不是易水出什么事儿了？"易山很紧张地问。

"啊？什么？呃……"夏夏真的喝多了，都快要吐了。

"喂,你在哪儿?怎么那么吵?易水出了什么事?她手机还是关机呢。"易山除了对妹妹开始担心夏夏。

"易山,易山,易山……"夏夏在电话里喊个没完。

"夏夏,你在哪儿?怎么那么吵?"

"我在蓝莲花酒吧喝酒。"

闪烁迷离的灯光,超级劲爆的重金属音乐,随音乐扭动的男男女女,灯红酒绿,从酒店后厨飞奔而来的易山看到了躲在角落里喝得正猛的夏夏。

易山一把夺过夏夏手中的酒瓶,眼神带着心痛问:"夏夏,你干嘛喝这么多酒啊?"

"我乐意,要你管?"夏夏开始失态了。

夏夏说话一股酒气扑鼻,易山扶起夏夏开始往外走,霸道地说道:"不许再喝了,我送你回家。"

夏夏一副醉眼蒙胧的样子,整个身子有意无意地跌进易山的怀里,乖乖由易山揽着出了酒吧,劲爆的音乐声渐行渐远。

"你家住哪儿?我打车送你。"夏夏完全靠着易山,令易山有一种莫名的情愫。

"我车,我车在酒吧后面的停车场,你开我车送我。"喷着酒气的夏夏完全趴在易山的身上,说话都断断续续的。

"一个女孩子,你说你干嘛喝这么多酒?"

"我干嘛喝酒?我干嘛喝酒你不知道哇?"夏夏的声音提高了八度,引得路人纷纷侧目,易山不再发问。

易山扶着夏夏坐在副驾驶上,又给绑好了安全带,自己坐到驾驶位上问:"你家在哪儿?"

"哈哈哈,我不告诉你。"夏夏还是一副酒样。

"别闹了。"易山显出一副好脾气，其实易山是一个好哥哥，往大了说，更是一个好男人。

"易山，今天杨光妈给我打电话了，你知道吗？冉晓萌怀孕了，冉晓萌和杨光终成眷属了，现在冉晓萌又怀孕了……"夏夏说得唾沫横飞，手脚并用，胡乱比画着："晓萌，晓萌她喜欢杨光，杨光也爱晓萌，晓萌还为杨光怀了孩子，多好的事，啊？多好的事呀，有情人。有情人呀，易水终究会原谅晓萌和杨光的，而我呢？哈哈哈，我这么多年喜欢的人呢？"夏夏说着死死地看着易山，眼角居然流出了泪："这么多年我喜欢的人，这么多年了，我从第一眼看到他，我就喜欢上了他，可是他呢？他居然一点儿都不喜欢我，还特别讨厌我，是不是？是不是？易山，易山，你说啊？"

易山看着醉酒后的夏夏，一会儿笑，一会儿哭的，有点儿手足无措："你喝多了……"

"我没喝多。"夏夏打断了易山的话："我很清醒，我知道你讨厌我，你喜欢的是你们饭店的迎宾小姐，可是，易山你听好，我夏夏——喜欢你，从第一眼见到你，我就喜欢你，我以为你也会喜欢我，每次易水去看你的时候，我都跟着，就为能见你，我以为你也喜欢我，我等着你说喜欢我，可是这么多年，都是我随着易水去看你，都是我给你打电话，我等不到你说你喜欢我，呜呜呜……"夏夏哭得激动，摘了易山给她系好的安全带，小拳头一下一下地砸到易山的身上。

世界安静了——易山抓住了夏夏的手，把她拉进怀里，抱得那么紧那么紧。

易水特别高兴哥哥和夏夏能走到一起，感情真的是很奇妙的东西，以前哥哥和夏夏一见面就互相掐架，谁也不饶谁，现在居然能腻到一起，想到哥哥和夏夏，她又想到了杨光和冉晓萌，自上次在民政局门口见过他俩之后都这么久了，晓萌现在都怀孕了，她是该找杨光当面说清一些事情了！

✝

　　易水到杨光的工作室时，杨光正趴在电脑上修照片，看到易水进来，杨光很无措，在他的印象中易水一直是白色长裙，长发瀑布的，而此刻在他面前的易水长发束起，白色T恤，腿上是一条泛蓝的牛仔裤，脚上一双帆布鞋，整个人越发清纯可人。

　　"你，有空吗？"易水看着手足无措的杨光开了口，语气平淡。

　　"易水，你……你怎么来了？"自民政局门口分开后，易水不曾接过杨光的电话，易水的突然到访，让杨光略显意外。

　　"我想和你谈谈，你能出来一下吗？"语气依然平淡如水。

　　滨河路两旁全是露天的茶座，易水找了一个角落的位置，杨光帮她要了一杯白开水。

　　"易水，对不起。我知道这句对不起来的有点儿晚。"杨光开口道歉，易水不语。杨光接着说："我和晓萌真的不是有意瞒你的，每一次开口要跟你坦白却不知道怎么讲，总想着找一个最好的方式跟你讲，想减少对你的伤害，可最后还是伤你很重。对不起。"

　　易水的眼睛看着滨河里的水滚滚向东，开口说："杨光，不要再说对不起，也不用说什么对我怎么样的伤害，我来不是听你说这些的，现在的问题是你妈那边怎么办？就算我去跟阿姨解释，我总得知道这件事情的起始和结束吧？"易水的话说到最后已经开始发冷。

"易水，我爱过你，现在我只能说我爱过你，深爱过你，你记得我送你的那个枚红色的保温杯吗？在我的理解当中保温杯甚至比红玫瑰更能诠释爱情，易水，我真的爱过你。"

"爱我？爱过我？我们在一起八年了，杨光，八年。那你和晓萌呢？"易水盯着杨光。

"是，我们在一起八年，八年。这八年里我们身边的同学恋爱的、分手的、同居的那么多，哪一对恋人恋爱不牵手不那什么的？可是你连手都不让我碰，是，易水，我真的不敢碰你，我不是怕你生气，是你干净得让我觉得自己会亵渎了你，你像一朵百合一样的圣洁……"

"然后呢？你就狠狠地伤害我，和我的闺蜜结婚了？"易水反问。

"不是，易水，你听我说，你听我说。我和晓萌真的比较适合一起过日子。相比于你，晓萌更适合我，我需要一个家给我温暖，而你永远对我那么冷。"杨光说着开始低头，"记得有一次我去你寝室找你，就只有晓萌一个人在。她坐在凳子上织着围巾，我看着织着围巾的晓萌，那一刻我觉得晓萌那么贤惠，身上充满了太多的母性，我想这样的女孩才是我要找的，她能给我温暖的一个家。"

易水不说话，一直侧着头看着滨河里的水。杨光接着说："而你永远那么冷，易水，不管你信与不信，我都要说我曾爱过你，只是我走进了你的世界，却走不进你的内心。我要的是能和我携手的温暖，这温暖晓萌给了我，对不起。"

"杨光，对不起，或者不是你伤害了我，是我伤害到了你。"易水说着掏出了杨光家门的门卡，递到了杨光面前，起身离开。离开的那一刻她知道了该怎么去面对杨光妈了。

"易水，请你原谅，原谅我和晓萌。我们对你一直心存内疚。"杨光对着易水的背影喊。

杨光的声音传进易水的耳朵，易水觉得这内疚她也有……

冉晓萌这几天妊娠反应很厉害，杨光把他的摄影工作室交给了助理打理，专心在家照顾着冉晓萌。

门铃响起，冉晓萌对正在忙乎的杨光说："谁来了？你快去开门。"

"好咧。听老婆大人的。"杨光说着打开了门，顿时一怔，门外站着的是一个约莫五十多岁一头卷发的女人，脸上画着精致的妆容，五官姣好，脚上踩着高跟鞋，整个人气场很是强大。

杨光低声说："妈，你怎么来了？"

"我怎么就不能来？"杨光妈妈说着就进了屋。

窝在沙发上的冉晓萌看到进来的是杨光妈妈立马就慌了神，从沙发上跳起来叫了声："阿姨。"

杨光妈看着一身睡衣的冉晓萌，瞬间愕然，旋即转身怒视着杨光。

"你们到底怎么回事？给我一个解释，杨光。"这句话她几乎是吼出来的。

"阿姨，你听我说……"冉晓萌张口要解释时，杨光妈指着冉晓萌来了一句："你给我闭嘴。"转而手指向杨光："你，告诉我这是怎么回事？易水呢？"

"妈，你先坐，你听我慢慢给你说。"杨光要扶着妈妈去坐时，杨光妈抬手一个耳光打得响响亮亮："你这浑小子，你要给我解释什么？这大半个月来我给易水打电话，每次易水都支支吾吾，我给你打电话说你和易水婚礼的事情，你几番搪塞，我猜到你和易水之间有问题，没想到你做出这种事，这对易水公平吗？"

这一个耳光来得让人猝不及防，杨光蒙了，同样蒙了的还有冉晓萌："阿……阿姨，你怎么打人呢？"

杨光妈把视线从杨光身上移向了冉晓萌："我认识你，你是易水的好朋友冉晓萌，你们就是这么对易水的吗？我怎么打人？我打的就是你们。"杨光妈说着作势要打冉晓萌，杨光捂着被打红的脸挡在了冉晓萌前面说："妈，你要打就打我，不要打晓萌，晓萌她怀孕了。"

"杨光，我告诉你，我的儿媳妇只有一个人，那就是易水。"杨光妈说。

"妈，你何必要这么拗？晓萌怀得可是你的亲孙子啊！"

杨光妈眼神犀利，手指指着杨光的鼻头，咬牙切齿，一字一顿地说道："杨光，我告诉你，你听清楚了——我不认！"

脸色发白的冉晓萌躺在病床上，手上还打着点滴，杨光坐在床边给冉晓萌削着苹果，不时抬头看看她，眼神温柔，充满怜惜和疼爱。冉晓萌艰难地浅浅微笑，眼睛望着杨光，这样温暖和谐的一幕被站在病房门口的易水看在眼里，易水愣神。

"啊——"易水一个趔趄扑进了病房，差点儿摔倒。后面是双手提满东西，停好车后风风火火赶来的夏夏，她大步快跑找着病房，没料到把站在门口愣神的易水撞进了病房里。

"易水，你怎么还站在门口啊？我以为你进去了呢？"冒失的夏夏丢下手里的东西忙去扶易水。

易水理了下长发，掩饰着别人不易察觉的尴尬。

"易水，夏夏，你俩来了啊？"冉晓萌似乎很不好意思面对易水。

"晓萌，你好些了吗？"易水伸手握住了冉晓萌没有打点滴的那只手，她的声音温柔有温度，心里各种感觉交错，上一次见面是在民政局门口，这一次见面却是在医院。

"对啊，晓萌，你现在怎么样？"一旁的夏夏吃着杨光刚削好的苹果问。

"见红流血了，先兆流产，打的都是保胎针，没事的，你俩别担心，是杨光太紧张了。"冉晓萌说。

"那大夫怎么说？"易水目光看向杨光。

"大夫说住院打针一个礼拜，再做B超看是否保胎成功，会没事的。"杨光说的很小心。

"怎么会这样？你怎么照顾的晓萌？"易水的语调里满是对杨光的责备。

"易水，你别怪杨光，是我自己不好的。"冉晓萌说着眼泪溢满眼眶。

"你不能再情绪激动了，不敢再哭了，晓萌，别哭了。快听话，别哭啊。"杨光看着要哭的晓萌忙抽纸给晓萌擦眼泪，紧张得有点儿语无伦次。

"哎哟。晓萌，会没事的，你就别哭了。你怎么这么爱哭呢？"在一旁没心没肺吃着苹果的夏夏冒了一句。

"会没事的，晓萌，别担心啊。"易水坐在冉晓萌的床边看着冉晓萌说。

冉晓萌重重点头，眼泪还是流了下来，易水伸手擦去了冉晓萌眼角的泪珠。

"行了，看完了，咱俩回去吧？"一个苹果吃完，夏夏问易水。

"晓萌，你好好休息，我改天再来看你。"易水对晓萌说完起身出门，到门口又回头对杨光说："杨光，好好照顾晓萌。"

易水出门走了，夏夏对晓萌说："那些东西全是易水给你买的，乖啦。好好怀我的大外甥。我们走了！"

"杨光，你去送送易水和夏夏。"晓萌对杨光说。

"还是算了，让杨光老实在这里陪你。"夏夏说着跑出门追易水去了。

晚上，易水一个人在家，听到一阵敲门声，心里在想会是谁？

"谁？"易水走到门口问。

"哎哟，快开门吧。是我。"夏夏的声音。

"我要出去几天，我钥匙还在你那儿吧？老规矩，帮我照顾花和鱼。"

"没问题啊。为了答谢我，去，给我洗个苹果。"夏夏嘟着嘴说。

"你不怕我洗不干净啊？"易水歪着脑袋。

"得。还是我自己去，免得你哥知道了说我使唤你。"夏夏说着自己去洗苹果了。

"你这次又是去哪儿啊？"夏夏咬着苹果，散发着吃货的气息。

"我去趟杨阿姨家。"

"你真去解释啊？"

"真去，阿姨这次来打杨光，骂晓萌，这些都是我的原因，杨光和晓萌背负了太多，是因为我占着杨光女朋友的位置，让阿姨误以为我会是她未来的儿媳妇，她才会对晓萌有那么多成见，这对晓萌不公平。我刚刚从网上查了下出现先兆流产的原因，情绪低落也会导致先兆流产，现在晓萌保胎住院了，她肯定特别希望杨光妈能接受她，所以我要去跟阿姨解释清楚，让她别责怪杨光，让她接纳晓萌。"

夏夏安静地听着，她知道这段时间易水虽然话很少，但是坚强的易水终于走出来了。

"对了，晚上你还是睡沙发，我给你取床被子。"易水说道。

"喂。我就不能和你睡一床啊？每次都让我睡沙发呀？"

"你又不是不知道，我和别人睡一床根本不习惯，怎么你想让我一宿不成眠啊？你还想不想做我嫂子了，小心我给我哥告你黑状。"这个时候的易水是可爱的、俏皮的，她终于有力气和夏夏开玩笑了。

一听易水提到了易山，夏夏立马装出一副乖乖的样子道："好好好，我睡沙发，我睡沙发。"

晨起，睡在沙发上的夏夏已经去上班了，被子叠得整整齐齐，易水收拾好了东西去了火车站，她要去杨光老家跟阿姨解释。

"向总，这是我准备的标书，您看看，有什么不合适的地方我再去改。"夏夏恭敬地对向然说。

"好。我看完给你回复。"向然的声音充满磁性。

"标书中还差一份市场调研，这个市场调研让销售部的陈亮经理去做？"夏夏问。

"这次我亲自去，包括市场调研和展厅建设规划，你给我订后天去拉萨的机票。"向然说的很有力量。

"好，那回来的机票订到什么时候？"

"回来的时间还不一定，不着急订。"

两天后，向然的飞机从西宁飞往了拉萨，向然在上次追随易水的脚步去敦煌时，接到某汽车集团要招标西藏地区经销商的消息，他想拿下西藏的经销权，所以在敦煌的那几天除了眼睛跟着易水，心里一直在想着工作的事，一刻不曾懈怠。这次他是势在必得，标书中的市场调研部分他亲自出马。

夏夏去机场送走向然，回来的路上又拐去冉晓萌的医院，刚一进病房，就看到杨光妈在冉晓萌床前。

"儿子，妈妈是过来照顾晓萌的。"杨光妈没有了上次的咄咄逼人，语气温和许多。

杨光是后来从夏夏的嘴里知道，母亲这次来是因为易水劝过她。

十一

　　有人说，进藏的理由不过是这几种：毕业、失业、失恋、失常。

　　这句话是易水在进藏的火车上想起的，她心里暗自笑了一下自己，这几种进藏的理由完全适合自己，在流水般的岁月里，在悠长的时光中，她早就学会了坚强，所以不管是什么样的理由，都挡不住她用相机记录火车窗外的高原美景。她很喜欢这样的外出，没有编辑的催稿，没有写稿的任务，这一次进藏，只为高原纯净的阳光能洒进自己最深的内心。

　　拉萨的天空是湛蓝的，洁白的云朵似乎伸手就可以碰到，这是易水出拉萨火车站时的第一感觉，她在心里说：拉萨，我来了。希望这座有着"日光城"美称的城市能让我获得内心的安宁。

　　易水在酒店前台办理入住手续时，有一个身影从她背后走过，大步流星出了酒店大门。易水回头，好熟悉的身影，似乎在哪儿见过。对。易水见过这个身影，是向然，易水不知道这几天的向然一直在拉萨做市场调研，忙得都忘了今日是何日了。

　　办理了入住手续的易水一直待在酒店没有外出，稍有点儿高原反应的她感觉到头晕不适，泡了桶方便面草草地吃了几口，又吃了点儿之前备好的抗高原反应的药，洗漱完就早早睡了。这一夜，睡得很踏实。

　　而她不知道她的隔壁房间住的人就是向然，向然又何曾知道这个让他魂牵梦萦的女孩此刻就安睡在他隔壁的房间呢?

这天,阳光毫无遮挡地洒下来,走过布达拉宫,易水来到了大昭寺,大昭寺的广场前有更多的朝圣者磕着长头,八廓街上有很多卖藏饰的摊儿,每一个物件都无比精致。

游人如织,易水沿着八廓街上的转经筒一直往里走,里面巷道开始错综复杂,不时有小乞丐过来讨钱。一个小男孩身上穿的脏旧破烂,但是眸子很纯净,他举着破碗用不太流利的汉语向易水乞讨着,易水心头一软,取下背包要给小男孩取钱时,不知从哪里出来的一伙小乞丐把易水围得严严实实,说着易水听不懂的藏话,甚至有小孩子手伸到了易水的包里。

傻了。这个柔弱单薄的姑娘完完全全被眼前的情景吓傻了,恐惧和惊吓瞬间将她包围,有一种天旋地转的湮灭感,她甚至都忘了呼救。

突然之间,一只大手牵住了易水的手,把她拉出了小乞丐的包围圈,一直拉着她往前跑,易水看不清这个人的脸,但是从手心传出的温暖驱走了刚刚的惊吓,易水被这只大手牵着往前跑,耳畔似乎有风的声音,好安全的感觉。好熟悉的感觉,是的,这个场景曾经常出现在她的梦里。

跑出巷道便是正街,那个人停了下来望着易水,满眼温暖。

好熟悉的脸。

"怎么是你?"易水一副不敢相信的样子。

"肯定是我,我是向然。"

听到"向然"这个名字,易水心头有莫名地触动,她真诚地说:"谢谢!谢谢你救我。"这个"救"字易水说得有点儿不太好意思,有向然在身旁,刚刚的惊慌失措早已不在。

向然呼了一口气后，鼓足勇气说道："易水，你能听我讲个故事吗？"

"什么故事？"易水疑惑这个第二次见面的人能有什么故事给他讲。

"对面有家咖啡馆，你跟我来。"向然语气有点儿霸道，说完就往前走，奇怪的是易水竟跟着向然的脚步，缘分或者就是这么奇妙的吧？易水也有随着别人的时候，或者因为这个人两次解救了她的危机，或者因为这个人散发的气息符合她的味蕾。

两人找了靠窗的位置落座，向然绅士地问易水："你喝什么？"

"白开水。"

"啊？"向然显得很意外。

"白开水。"易水重复。

一会儿服务员端上来一杯极品蓝山、一杯白开水。

向然喝了一小口咖啡，整理了一下衣服，看着易水的眼睛说："易水，请恕我冒昧。几个月前我的信箱收到一个名为"丽江——别样的邂逅"的文件，里面的文字优美流畅，每一张照片似乎赋予了生命一样吸引着我，更吸引我的是最后一张照片里那个忧郁的背影，它揪疼了我的心，那一刻我多想保护照片里的那个姑娘。我除了知道这个女孩是夏夏的朋友之外没有一丝她的讯息。其实早在四年前，我就见过那个女孩。那是在胜利路华润万家超市的入口处，有个红牛的促销台，那个女孩穿着红色的促销服在低着头写东西，我看过去的时候，那个女孩刚好直起身子抬起头，她就像是从我心里丢失过现在又出现了一样，我看了好久。后来，我接到电话有急事就走了。第二天我又迫不及待地去了华润万家超市，可是活动已经结束了……我只知道那个女孩是来勤工俭学的大学生，关于那个女孩所有的消息到此为止。我没想到，时过四年，我会再次捕捉到这个女孩的消息。我特别信一句话：那就是上辈子错过的女孩一定会在今生遇到，遇到后就会有失而复得的感觉。我遇到那个女孩的时候就有失而复得的感觉。"

易水听到这里的时候，心里某个地方开始变得柔软。四年前，她的确是在华润万家做过红牛的促销，她是替冉晓萌去的，易水记得那一天的冉晓萌特别矛盾，商场的促销活动不得不去，而晓萌又有别的事必须亲自去办，易水为了替最好的朋友解围，周末最后一档促销活动她主动代冉晓萌去做的。后来易水才知道，那一天冉晓萌是被杨光约去看电影了。

向然继续着他的故事："我几次想从夏夏那里打探女孩的消息，可是几次都一无所获，最后我从夏夏的 QQ 空间里找到了那个女孩的QQ，当然我也加了她的微信，却一直没有回复。就这，我躲在网络的背后悄悄地关注着这个女孩的动态，我时常开着电脑面对"花开，我来过"的那张照片出神，直到有一天我在秀水路遇到了她。秀水路是我每一次心里不安宁的时候都要去走走的，而我却在这条街遇到了她，我当时兴奋得快要喊出来了，可是我的兴奋只保留了一会儿，因为我看到一个男孩走近了她。那个男孩亲昵地摸着她的头，那一刻，我觉得自己要窒息了。"向然说着抿了一口咖啡。易水一直静静地在听，不插一句话。

"后来，我在她的空间里看到了一篇名为"面对"的日志，我似乎懂了这个女孩的忧伤与忧郁，这种懂让我为她痛，是心在痛。当天晚上，我又去了秀水路，上苍垂怜，我再一次遇到了她，她一如往常的忧郁，单薄的身子在夜色的灯光下更让人心疼，我一直跟在她的身后，直到她回家，她屋子的灯光亮起，我才离开。我想过出现在她的面前，可是我一直找不到最合适的身份或者是这样一个时机，所以我

跟着她去了敦煌。"向然望着易水说，易水理了理头发疑惑着向然为
何知道她要去敦煌，是夏夏透露的？

向然似乎懂得易水的疑惑，开口接着说道："我是从这个女孩的
QQ空间看到你要去敦煌的，有幸的是我居然搭上了她乘坐的那列火车，
我在车上几经周折找到了她的车厢，刚好我经过的时候她看的书掉到
了地上，我捡起来了，还顺手拿走了这个书签。"向然从钱包里拿出
那个书签，是易水的一张照片，照片里的易水有着一如既往忧郁的眼
神。向然接着说："那晚在火车上，我几经周折换到了和她只隔一个
隔断的上铺，我似乎感受到了她的气息，有百合的香气。第二天一早
下火车我跟着她到了她住的酒店，只是没有房间了，我等了一个上午，
终于住进了那家酒店。那几天的我似乎被幸福包围着，我跟着她走过
金黄的杏子园，我远远地看着她在院中享受收获的喜悦。"向然说着
脸上露出笑意。

"当晚我接到酒店前台小姐的电话，说那个姑娘胃痛去买药了，
我赶忙爬起来找了药去送，我的过于紧张和担心让我忘却了该有的理
性，可能是我的冒昧，她……"向然看到易水喝了一口水，嘴角泛起
似乎带着歉意的笑，就不再说了。

稍作停顿，向然继续说道："从敦煌回来，我看到了之前摸你头
发的那个男孩成了夏夏的男朋友，那一刻，我觉得自己的心里乐开了
花，为了夏夏有了归属，更是因为我知道……"向然蛮有深意地笑了笑。

"这段时间我一直忙于工作的事，一直想着找到合适的时机出现
在你的面前，只是没想到在拉萨又遇到你，我一直相信缘分一说。易水，
原谅我的冒昧。"向然望着易水的眼睛，从易水的眼睛里读出了她的
疑惑。

"不过，我这次来拉萨不是跟着你，我是做市场调研。我没有

从你的空间看到你近期的动态，心中担心不少，能在这儿遇到你，我真的没有想到。很意外，真的很意外。"

向然的故事讲完了，易水感觉到向然触到了她心中最为柔软的地方，她不知道听了向然的故事该说什么，喝了一口水后起身离开。

"易水。"向然起身叫住了易水，易水停了一下，走开了。

拉萨的街道宽阔而干净，易水看着车窗外的街景，心头有不可名状的滋味……

车子很快到了酒店，易水下车，电梯门即将关闭的时候，有人挤了进来。

易水看着挤进电梯的这个人，稍显无措。

这个人却大方地开口了："丫头，我不是跟着你的，我住在这儿。"说话的人就是向然。

电梯开了，易水走了出来，向然跟着，易水走到自己的房间口拿房卡时，向然拿出自己的房卡说："丫头，我就住在你的隔壁，我真的不是跟着你的。"向然又一次强调。

易水摆弄着手机，听到敲门声，疑惑中开了门，只见面带微笑的向然站在门口。

这一刹那易水心跳猛然加速，脸颊绯红，这是她第一次有这样的感觉，很不自然。

"那个？有事吗？"易水尽量掩饰着自己的不自然。

"没事，天快黑了，我想着你还没吃饭，你一个人出去，我有点儿不太放心。"向然说得很真诚，容不得易水拒绝。偌大的拉萨无数的酒店宾馆，两人能住到同一家同一楼层相连的两间，向然再一次认定这是天意，认定是老天爷在帮他，所以他鼓足勇气邀易水一起吃饭。

"好。"易水答应。自从遇到向然，易水全然不在平时的状态，所有的行为看似平常，其实太反常。若是换别人邀易水吃饭，易水肯定不去，可是向然不同，他让她有温暖的感觉。

"那我在一楼大厅等你。"向然心里的那种高兴劲儿不知如何形容，恨不得要蹦起来。他真没想到易水能这么痛快地答应。

易水到酒店大厅时，向然坐在沙发上等她，看到她，向她走来……

这顿饭吃得很开心。这段时间易水一直是窝着心的，而今晚她感到了舒心，或者说感到了暖心。易水注意到吃饭时向然用公筷给她夹着菜，然后向然再用自己的筷子吃，再用公筷给易水夹菜，这样换着，到后面向然忘了哪个是公筷，哪个是自己的筷子。

易水以前从不吃别人给她夹的菜，总觉得吃着心里别扭，而这顿饭她明明注意到向然把筷子都用混了，但她吃着向然夹的菜却不觉别扭，这是为何？

吃完饭从店里出来，夜色很好，两人聊着天在路灯下漫步，不知不觉走到了布达拉宫广场。

远远地看着喷泉随着音乐的声音忽高忽低，两人都不再说话。

又一首曲子开始，喷泉又开始随音乐起舞，不同颜色的霓虹灯将起舞的喷泉照得煞是好看，嬉戏的孩子在喷泉间来回穿梭，相互打闹着，易水看着喷泉起舞，没注意到身后跑来两个孩子，两人边跑边推推搡搡、追逐嬉闹，向然想拉住易水的时候，易水已被孩子撞倒在地。

两个小孩对着被撞倒在地的易水说对不起，向然忙把易水扶起，心疼地问着："丫头，你伤着没？"

易水看两个孩子吓得不轻，说："姐姐没事，你们去玩吧！"两个孩子又说对不起，然后互相吐着舌头跑开了。

　　"怎么样？摔疼了没有？真的没事吗？"向然的紧张能从问话的速度判断出来。

　　"我没事。"易水刚要挪步，就疼得叫了一声"啊"！

　　向然扶住易水紧张又心疼地问："丫头，摔哪儿了？"

　　易水忍着痛缓缓拉起长裙，膝盖已被摔破，血迹流到了小腿处。怎么会没事？布达拉宫广场平整的花岗岩石该是多么的坚硬？看着易水流血，向然心中涌上一股疼痛感。这疼痛感瞬间蔓延到了全身，他宁愿流血的人是他，易水腿上的血如利剑一般刺着他的眼睛，他的眼睛立马就红了。

　　没有一丝停顿与怀疑，向然抱起易水就走，引来游客侧目，容不得易水挣扎，易水也没有挣扎，任由向然抱着往前走，易水在向然的怀里似乎能听到他的心跳声，那么有力，又抬眼看了看向然，他棱角分明的脸透着掩不住的帅气。

　　"师傅，去最近的医院。开快点儿。"向然焦急地对出租车司机说。这一次向然陪着易水坐在出租车后排，看着易水的白色长裙被渗出的血迹染红，又是一阵刺眼。向然看了看易水，易水的目光望着车窗外往后退去的街景，并没有与他目光相碰。向然将易水冰凉的手握得更紧了，只是他不明白这个女孩为何表情如此平静，连一声痛也不喊。

　　"师傅，麻烦你再开快点儿！"向然又一次催着出租车师傅。

　　易水表面的平静下掩藏着心里的坚冰迅速融化的声音，她看到了一个男人为她紧张，甚至为她发狂。人们经常在做某件事，或者身处某个场景的时候，会有一种感觉，觉得这件事自己似乎做过，或者这个场景自己似乎曾来过，总会有那种很熟悉的感觉，易水在被向然抱在怀里的那一刻，就有那种熟悉的感觉，或者这一幕一直出现在她的梦中，向然亦如英雄一般，从她的梦中来到了她现实的世界里。

易水看着医生给她的伤口清洗、消毒、简单包扎，脸上始终没有露出一点儿痛苦之情，仿佛磕破流血的不是自己的腿一般。打过破伤风的针以后，医生就让他们回去了，并叮嘱伤口不要沾水。

"医生，不用吃消炎药吗？"向然问医生。

"不用，只是皮肤软组织轻微擦伤，不用吃消炎药。很快就好了。"医生说得轻描淡写。

向然依然很担心地问："那她的腿不会留疤吧？"

"只是擦伤，不会留疤，如果不是你要求，其实连破伤风的针都不用打，快回去吧。"

回酒店的路上，两人坐在出租车里，谁都不说话，向然心里全是没有保护好易水的自责，而易水心里不知想些什么。

"谢谢你。"突然间易水抬头对向然说，说得很真诚。

不知道是哪来的勇气，向然握住了易水的手，这手冰凉得没有丝毫温度，向然将易水的两只手握在自己的手心里，放到嘴前，眼睛深情地盯着易水，眼神温柔地说："丫头，能不对我说谢吗？"语调缓慢，语气真诚。车子飞驶，一盏一盏的路灯透过车窗将向然的脸庞映衬得十分英俊，易水看到了向然的眼睛里似乎泛着泪花。

两人都不再说话，向然一直握着易水的手，从向然第一次拉着易水的手跑出小乞丐的包围，易水就觉得向然手心的温度真的很温暖，自己的手被向然这么握着，感觉踏实而安全，易水似乎明白了为何杨光要拉自己的手时会那么别扭，而此刻自己的手被向然握着却感觉如此自然。

向然抱着易水进了房间，放在了床上。淡蓝色印着浅色小花的床单被套跟枕套，铺的平平整整的床，房间里有淡淡的香气，桌上合着的电脑，旁边小花瓶里开的正好的格桑花，都被向然扫进眼里。

"时间不早了，你早些休息，注意伤口不要碰到水。"向然叮嘱着易水，眼睛里全是心疼。

"你也早点儿休息。"易水似乎想说什么，却只说了这句。

"晚安。"向然说完，出了易水的房间，拿出自己的房卡，刷开了易水隔壁的房间。

这一夜向然始终不能安眠，殊不知睡在隔壁的易水酣然地做着女儿家的小小美梦。

易水一早起来，腿便不那么疼了，她小心挪步到洗手间正要洗漱时，听到了敲门声："丫头，醒了吗？"是向然的声音。

"嗯。"易水简短的应答。

"腿好些了吗？我给你拿了早餐。你今天好好在房间休息，有听到吗？"

易水听着向然的话，心里很感动，原来感动来得这么简单，只是几句简单的问候而已。

站在门外的向然听不到易水回答，放下早餐，开始忙去了。他这几天一直忙着拉萨市场的市场调研报告，一刻都不敢懈怠。

中午，向然敲了门，给易水送来了午饭。

"你认识夏夏？"易水吃着饭问。

"我们是同事。"向然答。

易水便不再发问。

"吃饭吧。这几天不能吃辣，怕伤口发炎。"向然轻声问说道，语气温柔。米饭，外加几道清爽的小菜，看来向然是费了心的。

易水似乎胃口很好，不言不语地吃着向然送来的饭，向然盯着易水吃饭的样子像个孩子一样，他对易水有一种感觉：捧在手心怕掉了，含在嘴里怕化了，从没有一个女子让他如此动心过。

易水吃完了，向然递了纸给易水，易水接过。

"腿还疼吗？"向然的关切从心里溢到了脸上。

"不疼了。只是擦伤，没你想的那么严重。"易水看了向然一眼，她看得懂向然眼里的关切。

"下午我还要忙，这是我的手机号，你有什么事，记得给我打电话。"向然多想陪着易水，可是他有工作在身，拉萨的经销权，他势在必得，市场调研报告马虎不得。

"好。"易水答应。

向然明显地感觉到易水对他的戒备之心一点一点地消失，这是天大的好事。

接下来的几天易水一直待在房间里，一日三餐都是向然变着法地给她送，易水忽然觉得她的房间好像一处世外桃源的感觉，不闻窗外之事，只得内心安静，她将向然日日的照顾看在眼里，心里有种说不出的感觉。

腿上的伤开始结痂了，她想着出去走走，就一个人打车来到色拉寺，寺外格桑花开的很艳。易水是幸运的，很幸运地见到了寺里的僧人在激烈辩经，虽然听不懂他们在争论着什么，但那种排山倒海的气势震撼着易水的内心。在拉萨，每天都能收获新的感动。

看过辩经，走过错落有致的经房，在一个长廊下，易水坐了一个下午，对面是一只狗，温驯地陪着易水，这个小寺庙洗涤着易水的心灵。这个姑娘在每一次独处时，总想起过往，过去的人，过去的事，一桩桩一件件，想着想着便想到了向然，这个如拉萨的太阳一样温暖的男人。

向然在酒店门口焦急地等了一下午，终于等到易水回来了。

"丫头，你怎么一个人跑出去了？腿还疼吗？"向然抓起易水的手，握在手心，易水的手依然冰凉。

"不疼了。"易水答。

向然突然地把易水拉到自己怀里，紧紧地抱着，生怕她又跑了，又不见了。

中午的时候向然来给易水送饭时，敲门不见人开，服务员说易水出去了，他的心立马跳到了嗓子眼儿，却又不知去哪里找，索性一直等在酒店门口，心中各种担心，各种猜测，各种紧张交织着，这一个下午犹如一个世纪一般漫长。

"你知道我有多担心吗？丫头。"易水在向然怀里时，这句话听得那么清晰。而向然一个下午的担心又岂是这一句话能概括的呢？

向然的胸膛那么宽厚，怀抱那么温暖，易水想，难道自己心里一直等着那个对的人，就是向然吗？如果不是，为什么他的怀抱自己一点儿不排斥呢？她一直在自己的世界里出神……她觉得自己的世界一点一点变得温暖了起来。

晚上，向然躺在床上，那个美丽纯洁的女子深深地占据着他的心。

正当向然神游时，电话响了，只见他接起电话后一直沉默，挂电话前只说了一句："既然早已离婚，又何必再谈复婚呢？我劝你，趁早死了复婚这条心吧！"

挂了电话的向然闭着眼睛半躺在床上，给他打来电话的是前妻石慧。原来向然之前有过一段失败的婚姻，与前妻离婚已四年有余，这四年他和石慧从未有过一丝的联络，向然很纳闷儿，为何石慧会突然提出复婚？石慧的性格他太过了解，向然的心头掠过一丝不安……

"睡了吗？"随着几声敲门声，易水的声音飘了进来。向然听到易水的声音，开了门。

"丫头，你怎么来了？"向然高兴地问道。

"给你送苹果呀。"易水背着手回答。

"什么苹果啊？"向然问的同时，易水的双手捧着一个又大又红的苹果，样子十分孩子气。

向然接过苹果，摸了摸易水的头说："丫头，快去睡。"

"哦。"易水答着，转身走到自己的房间，两人互道晚安后各自关门。

易水关门后是一副得意的笑模样。

向然看着手心里的苹果，不忍咬下去，心里想着：这姑娘还真是个孩子。电话又响起，还是刚才的那个号码打的。向然一手紧握着红苹果，一手抓起手机按了关机键。

十二

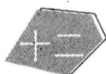

夏夏吃着易山给做的饭，满脸幸福，这个吃货兼女汉子在易山面前也有小鸟依人的一面。

"易山，这几天你有没有易水的消息啊？"刚吃完饭，夏夏就啃着个苹果问易山。

"我还正想问你呢。"易山也是好多天没有易水的消息了。

"我就奇怪了，你和易水是怎么回事啊？明明你心里特别疼易水，易水也是，可是你们彼此联系很少，这么些年，你找易水都是先问我。"这是这么多年夏夏一直心有不解的疑惑，她之前也问过易山，易山都是不作答，夏夏坐到易山的旁边，给易山喂了一口苹果，继续问："是不是这次你也不打算回答啊？"

易山很伤神地说："这么些年，易水心里一直在怪我。"

"易水怪你什么啊？"

"当年父亲意外去世，那个时候我和易水才上六年级，父亲的意外去世对易水的打击很大，好在母亲很疼爱我和易水，母亲一人拉扯我和易水不容易，初中还没毕业我就没上学，后来学的厨师……"

"你学了厨师我知道啊。找个厨师当老公我多有福气的。"夏夏一脸的幸福样儿。

"你别打断我呀。后来母亲改嫁了，母亲改嫁易水死活不同意，那个时候易水上初三，每天一个人闷着也不说话，我知道她想让我劝母亲不要走的，可是我不能耽误母亲后半生的幸福，后来母亲改嫁去了格市，这件事成了易水心里的心结，这么多年她一直怪我没有留住母亲。母亲走后，也来看过我们几次，易水总不愿相见，每次母亲走的时候，易水站在远远的地方偷偷看着。也有几次我带着易水去看过母亲，易水也是远远看看，从没走近过母亲，她在心里怪着母亲，也怪着我。"

"原来是这样子的。"夏夏似乎有点儿懂了，懂了为什么易水总是一副淡淡的样子，原来心里藏着这么多的事。

"父亲没出意外之前，父亲和母亲也总是吵架，父母亲吵架时，总把她吓哭……"易山说着眼睛里泛起泪花，夏夏心里也很难过，这些事易水从来没有对她说起过，默默藏在心里。

夏夏腻在易山的怀里，享受着恋爱的甜蜜，两人就这么安静地待了一会儿，易山开口了："夏夏，你有空给易水租个好点儿的房子，钱由我出。"

"为什么要租房子啊？易水在家不是住得好好的嘛？"

"家那一片是老城区，一直规划着要拆迁，那天对门的李奶奶给我电话了，都见到正式的拆迁批文了，这样就离拆迁不远了，得提前找房子。"

"这活儿可不好干，易水那么难伺候，你别忘了她是处女座的，挑剔又追求完美，再加上小洁癖，租来的房子她能住吗？"

"你先留意着吧。"这事易山也犯愁，"夏夏，辛苦你了。"

夏夏心里有一丝不易察觉的不悦，这种不悦来自两人亲昵相偎时，易山心里想的还是易水的事。但是夏夏很快将这种不悦赶出心底，将易山靠的更紧了。

两天后，向然和易水并肩，出现在了西宁的火车站。

回到西宁，向然的时间全被工作占去，刚一得空，看到易水的QQ头像是亮起的，便敲字过去："丫头，在干嘛呢？"

"我在网上找个房子。"易水回复。

"找什么房子？"向然一直觉得易水是个奇怪的女孩，这也是她不同于别人的地方，她从不会主动和向然说话，发短信，发QQ，也从不会主动跟向然说起某事，除非向然问到。

"我们这一片老城区的房子要拆了。"

"找到合适的了吗？"

"没有，这几天也看了好几家，不满意。"

向然看着易水发过来的内容，拿起手机，拨通了易水的电话说："丫头，来我家住吧？哦。你别误会我的意思。"

易水思索半晌不说话。

向然在快要下班时接到了发自易水的短消息："我可以到你家住，但是你得答应我一个条件。"向然当然明白易水所说的这个条件是什么，立马回复了："丫头，我明白的。"短信发出去后，向然又给易水打了电话："丫头，一会儿我来接你吧？"

"啊？一会儿？"易水显然没有想到向然会这么说。

"是的，晚上我给你做饭。等我。"向然说完挂了电话。

好像和向然在一起，所有的主线都是向然牵着。半个小时后，向然的车出现在了易水的楼下。易水款款下楼，向然下车开门相迎，易水坐到了副驾驶。

第一次来向然家，易水居然没有一丝的生疏感，她手里拿着遥控器不停地换着台，心里在想这是一个什么样的男人，能把家收拾得如此干净整洁？

这一幕是温馨的，心里装着易水的向然在厨房里忙活着，淘米洗菜、锅碗相碰的声音奏着愉悦的歌声，坐在沙发上的易水怀里抱着向然买来的泰迪熊，不时地向厨房张望着，偶尔还能和向然目光相碰，继而两人淡淡一笑又各自扭头。

"丫头，饭好了。"向然说这话的时候，易水已经睡着了。"怎么在沙发上睡着了？"

易水起身走向饭桌，揉着眼睛说："昨晚赶稿子忙到后半夜。"刚说完眼睛立马放光看着餐桌上的菜问："这都是你做的？"

"你猜？"向然扶着易水坐下。

"好丰盛哟！"易水对着满满的一桌子菜惊呼着。

"那就多吃点儿，看你瘦的。"

对食物很挑剔的易水居然对向然做的饭赞不绝口。

这天晚上，易水住到了向然家里，是的，向然将家里的主卧让易水住，自己住到了客卧。

十三

　　易水已经在向然家住了一段日子。这天吃过晚饭，向然在洗碗，易水站在厨房门口，看着洗洗涮涮的向然，向然侧着头问："丫头，是不是该把你家里的东西搬到这边来啊？"

　　"嗯。"易水点头。

　　华灯初上。

　　向然的车往易水家的方向开去。向然一手握着方向盘，一只手向着易水坐着的副驾驶伸出去，易水很自然地把自己的手放到了向然的手心，向然握紧了易水的手，两人相视浅浅微笑……

　　打开家门，这个自己住了二十四年的家，如今就要被拆了，这个家里留了太多父亲母亲的回忆，如今自己要搬出去了。想到这些，易水满心酸楚。

　　这是向然第一次踏进易水的家，之前很多次他把车停在易水的楼下，看着易水家的这扇窗，如今却踏进了这扇门。墙上很多的图片都是他在杂志中看到过的获奖作品，一幅幅都是出自这个娇弱女子之手。看着鱼缸里鲜活地游来游去的鱼儿和阳台上争艳的花花草草，向然想着这是怎么样的一个女子？

　　易水不说话，收拾着自己能带走的东西，向然要帮忙，易水不让。

　　"你看，这是我刚出生时穿的小肚兜，还是妈妈亲手做的。"易水收拾着东西，打开一个包裹，全是她小时候用过的。易水说着眼神黯淡了不少，向然没有说话走过去紧紧地抱住了易水，这一刻时光停住了。易水从没有跟向然提起过她的父母，向然也不曾开口过问，因为向然懂得易水的忧郁，向然甚至懂得易水一个黯淡的眼神里包含的内容。

向然摸了摸易水的头，易水从向然的怀里抬头看着向然，两人深情相望，良久，易水又将头深深地埋在向然的胸前……

"丫头，该收拾东西了……"向然说着将易水从自己的怀中扶起，却见易水满脸是泪。

易水的滴滴泪弄碎了向然的心。向然用手擦去易水脸上的泪，他当然懂此刻的易水为何流泪了。

易水流着泪打开了旁边的房门，这扇门易水一直锁着，除了易山，就连夏夏都不曾进去过。这是易水父母的房间。房间陈设简单，却干净的一丝不染，墙上的镜框里还挂着老式的结婚照，他知道那是易水的父母。

易水泪眼模糊地看着照片中的父母，而向然看着落泪的易水，那么心疼。这个时候他觉得自己那么无能，看着自己心爱的人落泪，自己却无能为力。

向然又一次将易水搂在怀里，易水哽咽地说："我心疼的是，这个家要拆了，而我等不到爸爸妈妈回家，从此，这个地方没有了我的家。"

向然将哭成泪人的易水从自己的怀里扶起，看着易水的眼睛深情地说："丫头，我想给你一个家，我们会有一个家……还有我们的孩子！我们会有一个家的。"

易水流着泪点头。

当夜，易水在梦中又一次梦见妈妈的离去，小小的她透过玻璃窗看着母亲的背影越来越远，越来越远，她从梦中哭醒并大叫着："妈妈，别走……"

"丫头，丫头，怎么了？"睡在客卧的向然听到易水的叫声，紧张地跑到易水的床前，将满是惊慌的易水抱到怀里。

"丫头，做梦了吧？"向然问。易水不答，轻声地抽泣着。向然轻轻地拍着易水。

又是新的一天开始，黎明代替了黑暗，温暖的太阳唤醒了万物，这个万物里包括宛若仙子的易水。

易水从梦中醒来，眼睛微张就看到了睡在一旁的向然，她猛地坐了起来，下意识地整理了一下自己的睡衣。易水的这一举动惊醒了向然，向然看着跳下床光脚站在地上连鞋子都没穿的易水，满脸尴尬地解释说："丫头，对不起。我不是故意要……我们没有那个什么的。是你昨晚做梦哭了，所以我才……"

看着解释一堆却还语无伦次的向然，易水笑了，看着向然尴尬的样子，她忽然觉得向然有点儿小可爱。

"丫头，你笑了？"向然有点儿惊讶地看着易水露出的笑颜问。他以为易水会暴怒的，因为易水来他家住之前，向然答应过易水那个条件的。

易水歪着头看着向然，一字不答。

向然看易水不说话，忙踩了拖鞋说："丫头，你再睡会儿，我去做早饭。"向然出了易水的房间，关上了房门。易水怎么会不记得昨晚的事呢？易水记得自己五岁开始就一个人睡了，一直到现在，她从不习惯自己的床上有别人，就连夏夏都不曾和她睡过一个被窝，有人在她的被窝她就别扭不自在，就如杨光拉她的手一般别扭。可是昨晚自己居然在向然的怀里安然入睡，在向然的臂弯里安睡了一个晚上，易水是在笑自己的怪毛病，也是在笑向然的小可爱。

阳光透过厨房玻璃，洒在向然的身上，他的脸上带着暖暖的笑意，小米粥的香气溢满了整个厨房。易水看着向然一早起来为她在厨房忙活着，她再一次听到自己心里的冰山融化的"喀嘣喀嘣"声。她不由自主地走过去从向然的后面环住了他，默默地将脸贴到了向然的后背上，向然停住了手里的动作，关了火，转身紧紧地抱住了她，一个吻落在了易水的脸颊。这是向然鼓着勇气第一次吻易水……

两人在厨房里静静地相拥了一会儿，向然摸了摸易水的头说："傻丫头，快去坐好，饭快好了。"易水点头，坐到了餐桌边，托着下巴看向然一样一样把早餐摆到桌上——有香气四溢的小米粥，煎得金黄的鸡蛋，几样小菜，还有小馒头，特别符合易水的口味。

"丫头，快吃。早饭一定要好好吃。"向然叮嘱着易水，这话易水早早就听过，以前爸爸老这么对她说的。

"向然，明天是我爸爸的忌日，你陪我去看爸爸吧？"易水等着向然回答。

"当然了。我陪你。快吃饭。"

吃过早饭，向然去上班，易水出门去买了些给爸爸上坟的祭品，然后给哥哥易山打了电话，说已经买好了给爸爸上坟的东西，让出差在外的哥哥不要担心。兄妹俩打了好长时间电话，向然几次给易水打电话，都没有打进去，向然又开始紧张了。

挂了易山的电话，向然的电话就打进来了："丫头，我打你电话几次，都打不进来，你没事吧？"

易水知道向然又开始紧张她了，忙说："跟我哥说了会儿话，你找我有事吗？"

"没事，就是想丫头了。"向然说。

第二天吃过早饭，向然开车载着易水，车子走过喧闹的市区，来到僻静的郊区，两人下车步行来到易水爸爸的墓前，易水仔细熟练地在爸爸墓前摆上祭品，点上香后说："爸爸，易水来看你了，你不要怪哥没来看你，哥去出差了。对了，爸爸，你是不是要问我在我身边的这个人是谁，对吗？"易水说着看了向然一眼，接着说："爸爸，他叫向然，他是女儿这么多年一直等的那个对的人，我等到他了。爸爸，他是我心爱的人，要不我也不能带他来见你，他真的对易水很好很好，爸爸，你别担心我，请你保佑我和向然吧！"易水说着开始落泪。向然听着易水和爸爸说的这些话，心里很疼，也很感动，因为他听到了易水说他是她的心爱之人，这个女子在父亲的墓前郑重地说着这些话，怎么能不让他感动？

向然握着易水的手说："叔叔，谢谢您送给我一个这么优秀的丫头，您放心，我一定对丫头好。一定会好好疼她，好好保护她。"易水的头靠到了向然的肩上。

"丫头，此生能遇到你，是我向然有福了。"离开易水爸爸的墓地，向然拉着易水的手说："丫头，我一定会对你好。一定会好好保护你，不让你受一丝伤害。"

两人都被彼此感动着，心的距离很近很近。

十四

下午阳光正好，在咖啡屋靠近窗户边的位置，易水手捧着一杯白开水，轻声问："夏夏，你是不是在怪我？"

"怪你什么？"夏夏呷了一口清咖。

"去拉萨也是临时决定的，只是没想到遇到了向然。"易水理了理长发，看着夏夏说："夏夏，你信缘分吗？"

"信，我知道你也信的。"夏夏说。

"是的，我也信。你不知道我和向然住的酒店房间居然是挨着的。"

"你们是在拉萨相遇的？不是一起去的？"夏夏一直以为向然和易水是一起去的，以为他们早有联系，只是没有和她说。

易水捧着一杯水，对夏夏说了在拉萨发生的一切，包括敦煌送药的事都跟夏夏说了。

"易水，你喜欢向然吗？他大你整整十岁，他的过去你了解吗？"夏夏问得很认真。

易水开始沉默，向然有着怎样的过去她毫不知情。

"你了解他的过去吗？"夏夏又问。

"夏夏，你怎么了？我更在乎的是他的现在和将来。他的过去不属于我，我想我也不在乎的。你应该明白我的。"

"好吧。"一杯清咖，早已见底，夏夏知道易水是爱上了向然，她叹了口气。

"夏夏，能不告诉我哥，我和向然的事吗？"

"这是为什么？"

"我怕我哥担心，向然比我大十岁，我和杨光的事已经让哥哥操心不少，所以……"

"行，我知道了。"夏夏本想告诉易水向然的旧事以及向然和前妻的事，但见易水这样，她不忍说出口。

易水看夏夏半天不说话，便把手挥到夏夏的眼前问："想什么呢？"

夏夏很为难地问易水："易水，如果我劝你趁早掐断对向然的情意，你会听我的吗？"

"你今天到底怎么回事啊？怎么会说这样的话？夏夏，你该祝福我的。"易水明显急了。

"易水，如果你看到的向然不是他本来的面目，只是一个假象……向总他很花心的，他离过婚……"

"你不要再说了。"易水打断了夏夏的话，"你应该相信我的，就像我相信我看到的，相信我的感觉一样。我不在乎向然离过婚。"

夏夏闭口不言。易水接到向然的电话，满脸幸福地走了，对于夏夏的叮嘱，丝毫没进她的脑海里。

易水走后，夏夏一个人怔怔地看着窗外的车水马龙，忽然一阵电话铃声响起："夏夏。"一个很优雅的声音从话筒一边传来。

"石慧姐？是你吗？你找我啊？"打来电话的是向然的前妻石慧，而夏夏是石慧的表妹。

"是呀。我打电话是想问向然那边有没有什么动向。"

"没什么的，他还是忙着工作的事，对了石慧姐，你前面说工作要调到西宁来，什么时候能办完异动手续啊？"夏夏有意隐瞒了易水和向然的事，一向机灵的她在这件事上犯起了犹豫，她没想好怎么跟石慧说，她预想不到跟石慧说了之后会怎么样。

"这个问题，还是有点儿麻烦，可能要到明年三四月份，你帮我盯着点儿向然就行。"

"放心吧！姐。向然身边有一丝的风吹草动我立马跟你说。"

夏夏心里憋着一股难受劲儿，到底要怎么跟石慧说，什么时候跟石慧说易水和向然的事呢？说了之后石慧会怎么样？会不会影响她和易水的关系？甚至会不会影响到她和易山的关系，这一切夏夏都不得而知。只能暂时瞒着石慧了！

这些乱七八糟的事扰的夏夏不得清净，她忽然担心起易水来，易水若真是和向然在一起，那真正是要受伤的。

夏夏记得石慧说过，石慧和向然离婚就是受不了向然的拈花惹草，向然根本就是一个花心大萝卜兼情场高手，易水怎么会是向然的对手？夏夏转而一想，她进向然的公司也有好几年了，这几年向然一直是洁身自好的啊，公司有很多女孩喜欢向然，明里暗里的告白也不少，也没见向然对谁动过心，可是石慧也不会骗她，夏夏是该相信自己的眼睛还是相信自己的耳朵呢？

不想这些事了。太烦。

夏夏端着手机，打开微信，对易山说："易山，你快回来吧。我想你了。"

不一会儿收到易山的语音消息："傻妞，我也想你了。爱你。"

夏夏笑了。天天和易山黏在一起，也没听到过易山说一句这样的话，看来易山出差在外几天，倒显得见真情了。

夏夏打了一行字过去给易山："我想早点儿和你有个家。"

　　这话是夏夏的真心话，两人相识多年，各自心里装着彼此又不言明，两人走到一起也确实不易。

　　"我一定会让你为我披上洁白的婚纱。"易山发来的消息让夏夏泪眼婆娑，她感动了。易山一向是不善言辞的，如今能这么说，夏夏怎能不感动。

　　易山不在，下了班到家的夏夏百无聊赖地躺在沙发里，拿着遥控器不停换台。静卧了一会儿后，她拿起手机，拨给了石慧："姐，你最近几天忙不忙啊？"

　　"最近还好啦。"石慧有点儿懒懒地回答。

　　"过几天，我和向总要去你那边出差……"夏夏说的很随意的样子。

　　"你们要过来？要待几天啊？"石慧立马来了精神。

　　"这次过来是竞标，向总志在取得拉萨的经销权，前前后后也得十天吧？"

　　"我知道了！"石慧有点儿兴奋。

　　"姐，消息给你透露了哦。"夏夏说。

　　给石慧打完电话，夏夏似乎松了一口气，她实在不看好向然和易水在一起，她真的很怕向然伤害到易水，如果石慧从中出手，或者间接保护了易水，夏夏是这么想的。

十五

"丫头，这几天我要出差去一趟北京，要不你和我一起去吧？"向然递了一个苹果给沙发上的易水，并坐到了她的身边说。

"我要赶稿子的呀。你要去多久？"易水拿着苹果问。

"可能得十天左右，这次夏夏也去。你带着笔记本，哪里不能写稿子呢？"向然很认真地说，拉出夏夏，他是希望易水也去的，让易水一个人在家，他总不放心。

"夏夏也去啊？那我也去？"易水眼睛一亮。

"好，那我让夏夏明天订机票。"向然也很高兴。

"机票算了，我坐火车，我自己订票。"易水咬了一口苹果，递到向然跟前，向然也咬了一口说："那都买火车票吧。明天让夏夏订票。"

"好呀。"易水愉快地答应，她高兴的是向然什么事都顺着她，把她当成孩子宠着，有时候易水会有一种错觉，总觉得向然的宠像极了爸爸对她的宠。

向然的确觉得易水像个孩子一样，像孩子一样纯洁，像孩子一样干净，她的世界像孩童的世界一样干净的没有尘埃，有时候向然看着易水总在问自己："我该怎么好好爱她？"

易水正依偎在向然的怀里时，易山的电话进来了，电话里的易山语气焦急万分。

易水靠到了向然的怀里，问电话那端的哥哥："什么事啊？哥。"

"易水，我现在在妈妈这里，妈妈……她病了。"易山说这话似乎鼓足了很大的勇气。

易水一听到妈妈病了，心立马揪到了一起，猛地从沙发上站起来说："严重吗？"

"严不严重，等你到了就知道了，你务必坐明天一早的火车赶过来，哥去接你。"易山说完挂了电话。

易水的眼里憋了泪，向然忙问："丫头，怎么了？"

"我得马上订明天一早去格市的火车票，我哥打电话说妈妈病了！"

"妈妈的身体重要，明天一早我送你去火车站。"向然安慰着："你别太着急，丫头，妈妈会没事的。"

第二天一早，向然送易水到了火车站，看着易水娇弱的身躯淹没在拥挤的人群中，向然的心头掠过丝丝的隐痛。"丫头，对不起，这次不能陪着你了。"

向然一直看着易水走进检票口，直到看不到易水的身影，才转身走出火车站，开车来到公司，叫了夏夏到他的办公室。

"你今天再仔细看一下标书，别出任何问题。"这段时间向然的工作确实很忙，八一路新的展厅已经建成，前期的工作已经让向然忙得焦头烂额，虽没有事事亲力亲为，但大的方向总是他在把舵。

"好的，向总。"对于工作上的事，从没有含糊推诿过，向然一直很欣赏夏夏对于工作的态度。"向总，我出去忙了。"夏夏说着转身出去了。

一个上午的时间在忙碌中匆匆而过，向然从自己的办公室出来走到夏夏的工位说："夏夏，一起吃午饭？"

"谢谢，向总，我吃食堂。"

向然明显感觉到自从他和易水在一起后，夏夏对他的态度在发生着微妙的变化，"还是一起吧？去外面吃。"向然说得很诚恳。

聪明的夏夏，她知道向然肯定有话要对她说，便答了一声："好。"

向然驱车来到市区的一家茶餐厅，落座后服务员很礼貌地拿了菜单和茶水单过来。

"想吃什么自己点，别给我省钱啊。"向然接过了服务员递过来的菜单，又递到了坐在自己对面的夏夏手里。

"想让我觉得吃你的嘴短啊？"夏夏接过菜单，一边翻着菜单一边说，"想问我什么？问吧。"

向然笑了。夏夏果真聪明。

夏夏点好了菜，服务员拿着菜单走了。

"不问？"夏夏呷了一口清咖，斜斜地看着向然。

"你知道我要问什么，想告诉我的话，自己说吧。"

"石慧是我表姐，你们的事我也从石慧姐那儿多多少少知道一点，还有石慧姐想跟你复婚，我们这次出差去北京，我也跟她说了，想必到时候她会来找你的。"

"那接下来说说我想知道的吧。"

夏夏看着向然，心里想这个男人聪明的有点儿狡猾，便开口问："你想知道什么？"

"你知道我最想知道什么。"

"对。你能注意到易水完全是因为我发你的邮件挂错了附件，给你发了易水的杂志稿件，这是我的疏忽。"夏夏似乎很激动："你们不是一个世界的人，你能放过易水吗？你忍心骗易水吗？她那么纯粹简单、那么干净纯洁，你也不怕你的过去脏了易水。"夏夏的声音提高了八度，引得别的客人向他们侧目。

一个"脏"字重重地敲击着向然，他沉默了。

"她是去看她妈妈了，因为她妈妈病了，但是，她这次肯定也是和以前一样只是远远地看一眼，我了解易水。她妈妈改嫁已成了她心里的心结。"夏夏看了一眼向然说："我知道易水现在已经住到了你家里，易水还带你去给她爸爸上坟，这些说明你已经走进了易水的心里，说真的这一点我很佩服你，这么多年来没有一个男人能让她做到这些，但是，如果易水知道你有一个一心要复婚的前妻和一段段糜烂的过去以及无数的情人，那将会怎么样？"夏夏开始为易水心痛，"我不想你伤害到易水，一开始你从我这里打听易水的事，我不告诉你，也是因为我不想易水受到伤害，当然我也希望你能和我姐复婚。"

向然一直沉默不语，他承认自己的过去可以和糜烂挂钩，可是自从遇到易水后，他和所有的女人都断了联系，他的眼里和心里只有与众不同的易水。

"还有，易水不跟你说的事，你最好也不要去问，她和她妈妈的事还是易山告诉我的，她妈妈的事她从未和我提过半句，所以希望你别让易水知道是我告诉了你她妈妈的事。"

"我只是想知道易水为什么总半夜哭醒，还喊着妈妈，别走……她一个人去格市，我不放心，没想到还惹出你这么多话来。"向然脸上的表情很轻松，继续说道，"这下我知道了，谢谢你，夏夏，快吃菜。"

"什么？半夜？你们已经——"夏夏夹在筷子上的菜掉到了桌子上。

"我说你能不能学学你姐的优雅呀？菜都掉了，懂不懂餐桌礼仪，要不懂，这次去北京，顺道让你姐教教你？"向然故意没有接夏夏的话头。

"是，我姐的优雅到头来还不是没有架得住你的……"

"得得得，别说了。饭还堵不住你的嘴。"向然打断了夏夏的话。

窗外月亮很圆很圆，向然的心却很痛，他从未尝到过这种滋味，是想一个人想到心痛的滋味。此刻在月光下，他那么那么想他的丫头，想到心痛，连骨头都痛。

"丫头，我真的害怕我的过去脏了你。你干净的犹如月宫中的百合一般，那么纯洁，纯洁的染不得一粒尘埃，我好怕我脏了你。"向然心里这么想。

拿起手机，手机里没有易水发来的一丝消息，向然打开微信，找到易水，发了一句："丫头，我想你。很担心你。"

一分钟，五分钟，十分钟过去了，易水还是没有回复，等待回复的每一秒都是煎熬的，向然对自己说："向然，你沦陷了，彻底沦陷了，这个丫头拿着你的命门。"是的，易水拿着向然的命门，向然从未对一个女子这般出格过。等不到易水的消息，向然感觉自己在地狱被油锅煎的坐立不安。

正当向然忍不住要打电话时，易水回复了，只有简短的三个字："我很好。"就这三个字足以让他从地狱飞跃到天堂。

十六

易水是三天后回到西宁的，向然去北京登机前给她发了消息，她知道家里没有向然，可是在她开门的那一刹那她惊呆了。

继而眼泪溢满了眼眶。

进门的位置多了一个鱼缸，这个鱼缸，是她以前家里的，鱼缸里的鱼欢快地游着，易水给鱼缸里的每条鱼都取了名字，很多很多时候，易水靠着鱼缸和里面的鱼对话，跟它们分享着自己的喜怒哀乐。此次房子拆迁她一直在为她的鱼该如何安身而闹心，没想到这一刻这些小家伙居然在这里出现了。

再往前走，地板上，全用美羊羊的小玩偶拼了五个字："丫头，我爱你。"客厅沙发背景墙上也挂满了易水以前家里挂的那些获了奖的图片。阳台上多了她以前养的那些花花草草，易水的心融化了。

餐桌上多了一大束花，是白百合，花香溢满了整个房间，易水还发现，花瓶下放着一个信封，打开是向然写的一封信：

丫头：

原谅我给你留了一个空落落没有我的家，可是在家里我装满了我对你的爱，你伸手就能摸到。

我知道你自从搬过来就一直担心你的鱼和花，请放心，我也一并给你搬过来了。

等我回来。

只有短短的几句，看的易水落泪，她伸出手似乎就能摸到空气里向然留下来的味道，信纸上向然的字漂亮整齐、刚劲有力，一如向然本人。

易水拿出手机，对着向然用玩偶摆好的那几个字拍了张照片，用微信发给了向然，还发了一条消息："你的爱，我收到了。"

发过去没有向然的回复，易水又发了一条微信消息："我会小心地用心珍藏。"

易水知道自己已经被这样的向然打动了，她也知道自己已经深深地爱上了向然，她庆幸的是她爱着向然，刚好向然也爱着她。

此刻的易水正感受着向然在那一晚感受到的孤寂，此时夕阳西下，染红了半边天，易水站在窗前……

十天后，向然和夏夏从北京载誉而归，向然不负众望拿下了拉萨的经销权，标书里的那份市场调研报告功不可没，可见前期向然在拉萨下足了功夫。

在北京时，石慧找过向然，明确地表示了她的复婚之念，可是向然果断地拒绝了，被拒绝的石慧对夏夏说："夏夏，我是一定要复婚的。"

夏夏记得石慧说这话时的那种坚决，还有那种不达目的不罢休的眼神。

夏夏担心易水会受到伤害，更害怕她的这种担心会成为现实。这么多年来她第一次看到易水眼里泛出柔光，她在心里问着自己："怎么办？"

　　十多天未见，足以让恋爱中的两人饱受相思的煎熬。向然一到家，就将易水揽进怀里，两人都不说话，任时光轻缓地流淌。良久，向然真诚地说："丫头，这次北京出差很顺利，如愿拿到了拉萨的经销权，前段时间公司各部门的同事为了准备这次竞标都很辛苦，晚上公司请大家吃饭犒劳，你一起去吧？"

　　"这不合适吧？"易水张着嘴巴问。

　　"有什么不合适的？我是想让你认识我身边的人。"向然这话说得有点儿小霸道，容不得易水有半点儿拒绝。

　　"好。我去。"易水答应了。

　　在去吃饭的路上，向然一手握着方向盘，一手握着易水的手，等红绿灯时转过头满眼爱意地看着易水，易水也抬头望向向然，四目相对，爱的火花四射。

　　向然停好车，拉着易水的手走进饭店的大包间，所有人的目光都在易水的身上，有的美女开始交头接耳了。夏夏站起来走到易水身边说："易水，你……也来了？"

　　易水被向然拉着坐到自己的身边，向然看着大家，满脸笑意地说："我给大家介绍一下，这是易水，我的女朋友。"

　　易水礼貌地说："大家好。我是易水。"

　　销售部经理陈亮在见到易水第一眼后对向然说："你瞒的可够深的啊。"

　　向然笑笑，对一旁的服务员说："麻烦给换一杯白开水。"

　　易水发现自从自己和向然在一起后，夏夏明显地跟她疏远了，她坐到夏夏旁边，小心地问："夏夏，你看起来不高兴，怎么了？"

　　"没有啊。可能是喝了点儿酒的缘故。"夏夏收了收自己的情绪回答。其实这段时间夏夏也发现自己和易水真的有点儿疏远了，她知道不是她疏远了易水，也不是易水疏远了她，而是她的心里装了太多不能告诉易水的事。

夏夏不安的是向然带着易水出现在公司的聚餐上，她一直瞒着石慧向然和易水的事，如今向然的高调肯定会很快传到石慧的耳朵里，她跟石慧又该怎么解释？石慧一心坚决地想着复婚，她又怎么护着易水呢？

聚餐结束后向然牵着易水的手在街头漫步，九月初的西宁夜晚已经开始有点儿微微发凉。向然脱下自己的衣服，轻轻地披在了易水的身上。

"丫头，我喝了点儿酒，你不介意吧？"向然牵着易水的手走在街边。

易水摇头。

"丫头，走。"

易水已经被向然拉着跑起来了，疑惑地发问："去哪儿？"

向然在一家户外用品店门口停住了，这家店还没有打烊，向然捧着易水的头问："丫头，想不想在北山看明天的日出？"

"想。"易水眼里放出激动的光。

"跟我来。"向然温柔一笑。

向然走进店里买了双人帐篷、双人睡袋、地布、防潮垫，还有手电筒、应急灯等一应东西，易水在旁边问："买这些东西做什么？"

"傻丫头。"向然捏了捏易水的脸蛋。

向然拿了东西，拉着易水的手出了门在路口打车，上了出租车向然说："师傅，麻烦你送我们去北山山顶，车钱双倍给你。"

易水刚要问什么，向然说了句："丫头，什么都不要问，好吗？嗯？"

易水撒娇地趴在向然的怀里，向然手摸着易水的长发。

"是夏夏，她一个人……"易水从车窗看到夏夏在路边，车子很快将她甩在了后面。易水问："她怎么也出来了，也不见我哥来接她。"

"夏夏有点儿喝多了，你快给你哥打电话，别出什么事了。"

易水在电话里给哥说了夏夏喝了酒这会儿在路边的事，让哥赶快去接，挂了电话后又依偎在向然的怀里。易水觉得窝在向然的怀里，那么踏实而安心。两人都不说话，向然用嘴触吻着易水蹭到他嘴角的发丝。

车子走到北山脚下时，易水让司机停一下，向然问："丫头，不想去了？"

"不是啦。我下车去给你买几瓶水，你喝了酒，会口干的。"

简单的一句话让向然感动不少，他开始感觉到易水对他的关心了，向然两只手捧着易水的头，然后在易水的额头重重地亲了一口说："你在车里待着，我去买。"说完下车了。

易水看着向然的背影，摸了摸被他亲过的额头，心里有点儿甜。

出租车很快将向然和易水拉到了北山的山顶，向然麻利地在出租车司机的帮助下从后备厢取出一应东西，客气地跟出租车师傅道谢。

四周漆黑一片，唯有弯月散发着一丝幽光。

向然带着易水找了一块相对平坦的地儿开始铺地布、搭帐篷。

"今晚我们就住在这里啊？"易水惊奇地发问。

"当然了。给，丫头，你负责给我拿手电筒。"向然把手电筒递给易水，说，"害怕吗？"

"你在，我不怕。"

"这就对了。"向然脱下衣服给易水披上，说："帐篷一会儿就搭好了。"

"嗯。"易水愉快地点头。

易水拿着手电筒给向然打着亮，向然忙活了一阵，在帐篷里铺开双人睡袋，又将应急灯打开挂到了帐篷顶上，说："好了，大功告成，丫头，快进来。"

"嗯。"易水脱了鞋将自己的鞋有意地和向然的鞋摆到了一起，然后进到帐篷钻到睡袋里。

向然将帐篷门上的拉链拉上了，两人就在一个小空间里了。

"丫头，是不是有点儿冷？"向然搂紧了易水。

"嗯，山顶的风还是有点儿凉，不过睡袋里很暖和。"

向然笑笑不说话，将易水搂进怀里，易水侧身看着向然，长长的睫毛扑闪着，向然双手捧着易水的脸，吻了过去，很久很久长长的吻。吻完又将易水抱得很紧，易水听到一个很小很小的声音在说："丫头，我怕失去你。"

易水在听到这句话的时候，用力地抱了抱向然，向然回应着，将她抱得更紧了。

小小的帐篷内，两个有情人忘我地相拥着。

"丫头，此刻我恨不得一夜白头。"向然说得很动真情。

"谢谢你。向然，是你让我有了上岸的感觉。遇到你，我是幸运的。"易水说的话好文艺啊，不愧是才女。

"丫头，该是我谢谢你。这么多年来，遇到你，我才感觉到什么是美妙的爱情。"向然抱紧了易水，吻了吻她的额头说，"让我好好爱你，好吗？"

易水看到向然说这句话时，眼里的柔情，很深很迷人，她的一颗心全部交予向然了。她没有回答向然的问题，而是吻住了向然的唇角，向然热烈地回应着。

"向然，你知道吗？这么些年我每到一地的第一件事就是要看日出。我喜欢朝阳喷薄而出的那一刻，觉得特别有力量。"易水平躺着，看着帐篷顶说。

"我想以后都能陪着你看每一天的日出。"向然侧身看着易水。

"我愿意。"易水转头看着向然说。

"我愿意。"向然说着又亲了下易水。

这一夜两人聊了好多，易水告诉向然："我记得最清楚的是我妈走后不久，我第一次来例假，我看着马桶里红红的血迹还有浑身的不适，我以为自己要死了，我哭着连遗书都写好了，我哥都吓坏了，也以为我要死了，我和我哥抱在一起哭，最后还是对门的李奶奶给我拿的卫生纸，后来我才学会了用卫生巾。"易水顿了顿说，"现在说起来，觉得是一个大大的笑话，可是在当时，那种心境无人能理解，觉得很害怕，无助又恐惧。如果当时妈妈在，肯定就不是那样子了，肯定会给我熬红糖水，而不是我绝望地写遗书了。"

向然听着易水说这些，心里很痛，这个姑娘应该有人好好地疼，拿命来疼的。说累了的易水开始入梦了，向然看着如孩子般安睡的易水，自己却睡意全无，帐篷外的"呼呼"的山风开始搅得他有点心烦意乱，他能开口向易水坦白自己的过去吗？什么时候说呢？是不是自己的过去正如夏夏所说的会脏了易水呢？

十七

晚风丝丝吹过，夏夏坐在过街天桥的楼梯上托着下巴看着街上一辆辆疾驰的汽车射出发亮的光芒，全然不顾走过天桥的路人看着她的目光。她一直瞒着石慧，可经聚餐后，向然钟情易水的事很快会传进石慧的耳朵里，她该怎么应对？

"夏夏，你怎么坐在这儿啊？"易山看着孤零零坐在天桥楼梯上的夏夏，忙扶起来问。

"是不是易水叫你来的啊？"夏夏知道肯定是易水叫易山来接她的，她太了解易水了，处女座的易水很细心。

"是，易水说你喝多了，叫我来接你，走吧，我送你回家。"

"我没喝多。真没喝多。"夏夏说。

"我看你的样子也是没喝多。倒是有些反常了，都坐到天桥的楼梯上去了，就差拿个拐棍面前再摆个破碗了。"

夏夏被易山逗笑了，粉拳打着易山的胸膛说："你讨厌。我有那么狼狈吗？你忍心让我流浪成乞丐啊？"

易山抓住了夏夏打得正欢的手说："没喝多不会在电话里给我说一声吗？你知不知道我有多担心你？"

"嘿嘿。"易山的这句话，足以让夏夏幸福地眩晕。

夏夏发现再愁的事，只要易山出现了她就会变得很开心，看着易山专注开车的侧脸，她在心里说自己好喜欢好喜欢他。虽然她知道易山很多时候关注易水比关注她要多得多。一想起易水，夏夏转了话头问："易水这次去看妈妈，情况怎么样？回来你俩谁也不说。"

"唉。怎么说呢。这丫头，我是没法说了。"易山的车开到了夏夏住的楼下，停好了车说，"这次她去，倒是到妈妈跟前了，不像以前远远地看一眼就走。"

"那易水和妈妈说话了吗？"

"没有。妈妈做完手术一直昏迷，易水就一直守在床边，一夜未眠，守了一夜，哭了一夜，一直握着妈妈的手，等到妈妈从昏迷中醒过来，她叫来医生，然后就回来了。"

"这样啊？"

"是啊。"易山握着方向盘，叹着气说。

"那她怎么一直不和妈妈说说话呢？"

"她心里揪着心结呢！妈妈改嫁对她影响很深，我之前也对你说过，关于妈妈改嫁这件事她对我也是很有意见的。"

"这我知道的。"

"行了，夏夏，你上去吧，我回去了。"

"你不上去坐坐了？"

"……"

"走吧。"夏夏说着拉开了车门。

易山一边小心地给夏夏削着苹果皮，一边问："夏夏，我觉得你最近有点儿不太爱说话，怎么了？"

"没有啊。我这不是挺好的嘛？"夏夏躺在沙发里，脚伸到了易山的怀里，易山揽了揽夏夏的脚，将削好的苹果递给了夏夏。

"那就行，以后少喝点儿酒，一个女孩子，拎起啤酒瓶就灌，像什么样子？我去给你倒杯水。"易山的眼里有心疼。

"别去了，我吃苹果就行。再说了，今晚我根本就没喝多啊。"夏夏有点儿撒娇地说，"易山，你会一直对我好吗？我想早点儿和你结婚。"

"说的傻话。我当然要对你好了。只是我想着先把易水嫁出去，然后再考虑我们自己的事。对了，这次老房子拆迁，易水自己找的房子搬出去了，她现在住的地儿安全吗？这段时间我忙的没顾上你，更没顾上易水。你去她住的地方看过吗？"

夏夏知道，只要和易山在一起，三句话以上，他们的聊天内容就会扯到易水身上。这多少让她心里不舒服，但还是不露声色地说："我也没去她住的地方看过，她说挺好的。家里的那些花花草草和鱼缸她都带走了的。"这句话夏夏说得有点儿慢，她实在不太会撒谎，花花草草和鱼是向然问她拿的钥匙，向然搬走的。夏夏忙咬了一口苹果掩饰着。然后转了话头问："易山，你觉得向然怎么样？就是我老板。"夏夏这是在侧面打探。

"向然这个人，我去接你下班时，倒见过几次，为人很老练的样子。你怎么问这个啊？"

"我表姐，就是石慧姐，很多年前和他离婚了，现在想复婚来着？"

"他们怎么离得婚啊？"

"具体的我也不是很清楚。"夏夏用这句话结束了关于向然的话题，貌似易山对向然不太感冒，看来易水对易山还是很了解，所以才让她别告诉自己和向然的事的。夏夏眼珠子一转，从沙发里坐起来，立马换了一句："易山，你是从什么时候开始喜欢我的啊？"

"忘了，应该是很久了吧？刚开始还蛮讨厌你叽叽喳喳的。也没个女孩的样子，还总是找我茬儿，后来渐渐地发现你对易水是真的好，所以就发现你这个姑娘蛮善良的，也就慢慢关注你了，然后可能变成喜欢了。"

"那你怎么不告诉我？如果不是我上次喝醉酒，你是不是要逃掉了？"夏夏羞羞地问。

"怎么还问这样的问题啊？我都在你身边了。"易山这句话说得极尽温柔。夏夏听着心里暖暖的，将头靠在了易山的肩上。

十八

次日，向然将熟睡中的易水叫醒："丫头，还看不看日出了？"

易水醒来有点儿睡眼蒙眬，一听看日出，立马来了精神，说："当然要看了呀。几点了？是不是天快亮了？"

向然被易水的样子逗笑了。易水用手揉了揉眼睛，又理了理头发，爬起来说："快出去吧。"

向然拉开帐篷的拉链，外面的天真是一片蒙蒙亮，易水也从帐篷里钻了出来，向然贴心地给易水披上了自己的衣服说："清晨还是有点儿冷的。"易水不说话裹了裹向然给披在身上的衣服，衣服上有向然的味道。

"丫头，如果可以，我想和你在泰山顶上看云海日出，如果你愿意，我想在泰山顶上和你一起锁一把同心锁……"向然一只手搂着易水，眼睛盯着东方发白的天空。

易水没有说话，向然的话令她心底暖暖的，或许这就是感动吧。向然看易水不说话，两只手抓着易水的胳膊转向自己，盯着易水的眼睛，柔声轻问："丫头，你愿意吗？"

易水抬头看着向然的眼睛，依然没有说话，而向然看到易水大而清纯明亮的眼睛里滚出了几颗大大的眼泪，划破了她俊美的脸庞，这几颗泪无声地落到了地上，也砸痛了向然的心。

向然一把将易水拉进自己的怀里，深情地拥着，东方天际出现了鱼肚白、柔和、光洁。

"丫头，不要让我看到你的泪，你的泪会痛了我的心。"

易水在向然的怀里默默点头。

东方的天空开始淡淡发红，这红光将临近的云照的发亮，也将山脚下的这座他们生活的城市从黑夜唤到了黎明，红绸帷幕似的天边拉开了一个角，出现了太阳一条弧形的边。向然握着易水的手，两人似乎是屏着呼吸在看着东方发红的半边天。

终于，太阳从山峦重叠间，越过云海喷薄而出。柔和的光芒照在向然和易水身上，又是崭新的一天。易水安静地看着初升的朝阳，心里默默许愿：愿君时时在侧，朝夕相见。

"丫头，想什么呢？一直不说话？嗯？"

"你会一直在我身边吗？"易水歪着头，长发垂肩，问的特别认真。

"当然。我会一直在你身边，你会一直在我心里。"向然捧着易水的脸说。

有一种叫幸福的感觉将易水包围。"你知道吗？这是我看过的最美的日出，因为我的身边有你。"易水声音很轻。

"最美是人心，丫头，我会陪你看每一天的日出，只要你愿意。"

易水满脸甜蜜地点头。

向然俯在案上正在忙活的时候，陈亮进来了，叫了声："头儿。"

"你怎么来了？怎么今天没休息啊？"向然抬头问。

陈亮坐到向然对面的椅子上说："最近事情比较多，就过来忙了。"

"亮子，过几天某汽车集团的人过来，你陪同去拉萨处理那边的事，现在手头的工作你交接给底下的人。"

"怎么，这次你不亲自过去？"

"我有点儿私事，等过了这一阵，我再去看看，工作交给你，我放心。"

"什么私事还瞒着我啊？"

"易水的生日快到了，所以……"向然说着面露微笑。

"向然，我来就是和你说这事儿的。怎么？你转了性子了？对这个易水还真是认真的？你和石慧离婚这些年，公司的聚会带别的女人出现，还是第一回。"

"这是什么话啊？"

"你以前的那些事我就不说，和石慧因为什么事离婚你自己也清楚……"陈亮话还没有说完，向然就打断了他："不是……亮子，你说这话是什么意思啊？"

"向然，我看得出来，易水和别的女孩不一样，你对易水也和别的女孩不一样，我知道你是一个不容易动情的人，可是一旦动情了就是认了真了，我害怕的是有一天易水知道了你的过去会离你而去，易水那么纯洁的一个女孩你让她怎么接受你的那些乱七八糟的过去？若易水真的离开你了，那个时候你会怎么样？你接受得了吗？我只是担心你陷得太深了。"

"亮子，你也知道这么多年，从没有哪一个女子能真正走进我的心里，我想石慧也是，唯有易水是真正让我动情的人，怕是我已经陷进去了。没遇到易水之前我从不知道想念一个人是什么感觉，现在我知道了什么是抓心挠肝。"

"这也是我担心的地方，你别陷太深了。"陈亮顿了一下之后，似乎带着某种艰难说道，"石慧……石慧她想和你复婚，你怎么想的？"

"她给我打过电话了，这次去北京我当面和她说清楚了，复婚不可能！"

"可是依石慧的性格，她不达目的誓不罢休啊！"

"我知道，我会好好处理的！兄弟，拉萨的事就交给你了！"

"那我去忙了，拉萨的事就交给我去处理吧，你放心。"

"好兄弟。"

陈亮说完就走了。

向然头靠在椅子上，一个人待了好久。

下午，夏夏约了易水和冉晓萌。夏夏开车接了易水，找了一家咖啡馆，两人刚坐定，冉晓萌挺着肚子也来了，坐到了夏夏的旁边。

"晓萌这肚子是越来越大了哦。"易水盯着冉晓萌的肚子说得很坦然，时过几个月，易水彻底放下了杨光和晓萌的事。

夏夏手轻轻地放在冉晓萌的肚子上，冉晓萌满脸甜蜜地说："好辛苦的，晚上都睡不好，小家伙老踢我。"

"哎呀，动了，动了，刚刚动了。"夏夏激动地叫着。

易水喝了口水，看着坐在自己对面的夏夏和冉晓萌，各自有了各自的归宿，当初寝室的青涩少女一个个在成长，在蜕变，在经历。这成长中改变了很多很多东西，易水庆幸的是经过了那么多事，她们还能坐在自己的眼前。

"晓萌，杨光妈对你怎么样啊？这段时间都没顾得上问你，应该对你很好吧？"易水接过夏夏给她剥的开心果，放到嘴里。

"挺好的，前段时间他们回去了，这胎也稳了。妈去处理她厂子里的事了。"晓萌其实挺感念易水的，又说了一次，"易水，谢谢你。"

"晓萌，我们姐妹说什么谢啊，对吧，易水。"夏夏看了一眼冉晓萌，又看向易水。

"是啊，那当然了，夏夏，你和我哥发展得怎么样啊？"

"肯定不错的啊。"夏夏笑嘻嘻地回答。

"嗯。看夏夏的笑容，肯定是处得不错，是吧？易水。"冉晓萌挪了挪自己靠着的垫子问。

"就你眼尖。"夏夏帮冉晓萌放着靠垫。

三个人说了好多上大学时候的事，那个时候寝室晚上都要卧谈，这个下午，在幽静的咖啡馆里，三个人共同追忆着大学时的生活。

聊了一下午，易水问冉晓萌："时间不早了，杨光快来接你了吧？"

"嗯，刚刚发微信说快到了。"冉晓萌说着话，杨光已经到了，杨光的眼睛会不自觉地看向易水，易水浅浅笑着，点头致意杨光，杨光匆匆跟夏夏和易水打了招呼，挽着冉晓萌先走了。

夏夏看着杨光和冉晓萌走远，就对易水说："对了，我没给你说一件事呢。前些天，杨光和晓萌来我们公司买车，晓萌一眼就看上了我们最近新上市的那款新车，向总就给了他们出厂价，几乎没赚钱，可是杨光似乎对向总态度不和善。"

"杨光早该买车了。"易水理了理头发说。

"你有没有在好好听啊？我说的重点不是杨光买车，是杨光对向总似乎态度不善。"

"是吗？为何？"

夏夏说："我不也是在纳闷儿嘛。"

易水不说话，抓起杯子喝了一口水，夏夏说："算了，不说这些了。易水，你是真的喜欢向然吗？"

"夏夏，你能读出我和杨光只是习惯，那你怎么就看不出我和向然呢？还总是问这样的问题？"

"易水，向然他离过婚，向然不是一个简单的人，他会伤害到你的。

他的过去……"夏夏的话被易水截住了："我在乎的是他的现在和将来。他的过去不属于我，我想我也不在乎的。你怎么还说他的过去啊？谁还没有个过去啊？"

"那你知道向然的前妻是谁吗？"

"谁？"

"是……是我表姐。"

"谁？"易水站起来了。

"我表姐，叫石慧，她现在想，想复婚来着。"

"他们怎么离的婚？"

"向然没有告诉你吗？"

"我没问过。"

"让他告诉你，你去问他。"

"……"

两人的这段对话，语速很快，没有停顿。

这段话说完之后，两人都陷入了长长的沉默。

易水终于忍不住发问："那个复婚是怎么回事？"

"这些事让向然自己跟你说吧。据我所知，复婚也只是我姐的一厢情愿，向总似乎没有一点儿复婚的念头。"

"这样子的啊。"易水忽然发现自从夏夏谈到向然的前妻要复婚后，她的心里开始慢慢变得不好受，直到听到夏夏说了这句话，她觉得心底释然许多。

两人说这话时，向然来接易水了，易水拿上包，欢快地跑向了向然。向然温柔地看着跑向自己的易水，慢慢张开双臂，易水扑进了向然怀里……她不想知道向然有什么样的过去，她只想守住向然的现在，参与向然的未来。

　　向然看着这个娇弱的女子在自己的怀里，心里开始变得很沉重，害怕有一天易水会离自己而去。

　　车窗外，月光如水。

　　许久，向然的唇从易水的唇边离开，他紧紧地握住易水的手，头靠在座椅上。易水安静地看着向然，月光从车窗里照进来，打在向然脸上，使他的五官看着更加的俊美英朗。

　　向然转头对易水说："丫头，给你讲一个故事，嗯？"

　　易水转身将自己的另一只手放到了向然的手心，盯着向然的眼睛问："关于你和你前妻的故事？"

　　向然惊讶道："你怎么会知道？"

　　易水定了定气，很认真地说："我猜也到了你该告诉我这些的时候了，但是向然，这些事我不想知道。那是你的过去，你的过去是不属于我的，所以也没有必要再讲给我听了。"易水一只手摸着向然的脸继续说，"我在乎的是你的现在，在乎的是此时此刻，或者还有属于我们共同的将来。"

　　易水冷静地说着，她的话飘进了向然的耳朵，躺在了他的心里。听完易水的这番话，向然猛地将易水拉进自己的怀里，紧紧地抱着，心想："这个女孩子真的太与众不同了，娇弱的身躯里藏了一颗强大的内心。"

　　"我爱你，丫头。"向然的声音在易水的耳边轻轻飘起。易水知道这三个字在向然的心里分量很重，她怎会感觉不到向然对她的用心还有深情呢？

　　月光温柔地从车窗照了进来，两人都不再说话，安静地靠在座椅上，双手紧紧相握。向然抬手关了车里流淌的音乐，空气安静得可以听到彼此的心跳。

易水感受着自己冰凉的手在向然的手心慢慢变暖，一如被向然温暖的心。

不知过了多久，向然打开车内的灯，在易水的掌心放了一个手链。

"敦煌夜市的 DIY 手链？"易水惊喜地说。

向然笑笑，看着易水说："是，当时我看你驻足了很久，所以我给你做了一个，愿我的丫头天天开心。"

"向然，谢谢你，当时夜市人太多，我没挤得上。当时心里有小小的遗憾。"

向然握着易水的手，又一次说了一句："丫头，能不对我说谢吗？我愿意对你好，只要你愿意让我对你好。"向然的语气万分温柔，音量控制得刚刚好，似乎说出来的每一个字都带着暖人的温度。

易水忽然鼻子一酸，特别想落泪，她感觉到了被人捧在手心的感觉。

向然摸着易水的长发，又一次无比心疼地将易水拉进自己的怀里紧紧相拥着。他看着车窗外的月光明白了自己对易水的爱是有多么的纯粹。

到底是什么样的爱能让向然又一次抱着易水说了这句话："丫头，我真的恨不得一夜白头。"

或者是太害怕易水离开了吧，所以患得患失，所以恨不得一夜白头，这样的爱本来就让人心疼……

车子再回到市区时，已是深夜。

向然右手握着方向盘，伸出自己的左手，易水自然地将自己的手放在向然的手心。

十九

周日，易水起床时，向然的早餐已经摆在桌上了。

吃饭的时候，易水说想去花鸟鱼虫市场买鱼，向然取消了本来的加班，陪着易水来到了花鸟鱼虫市场。

易水驾轻就熟地穿行在花鸟鱼虫市场，终于钻进了一家店，熟络地和店主大叔打招呼，看了好一会儿后，易水手指着鱼缸说："金叔叔，我看好了，给我捞这些鱼。"

"好的。这就给你捞。"金大叔捞得差不多时，一条小黑鱼跳出来了。"又是一条活不成的小鱼儿啊。"金大叔感叹着。

易水也看到这条小鱼了，在地上蹦跶，一副要渴死的样子，心疼地说："金叔叔，这条小黑鱼你也给我。"

"养不活的。马上要死了。"金大叔再一次强调。

"能活，能活的，给我装另一个袋子，单装。"易水说得很着急。

金大叔只好把小黑鱼给易水装在了另一个袋子里。金大叔要易水常过来看看。易水拿着鱼满口答应。向然付了钱，牵了易水的手，两人刚要出门时，一个女孩的声音飘了进来："爸，饭给你买回来了。"

向然看到这个女孩时，脸上的表情划过一丝不易察觉的难堪，但瞬间恢复了平静。进来的女孩手里拿着饭盒，踩着细细的高跟鞋，一脸浓妆。

金大叔从这个时髦女孩的手里接过了饭盒进了里屋。

这个女孩看到向然时也明显吃了一惊："真的是你？向然？好久不见！"显然这个金静是向然过去生活里的其中某一段糜烂故事的临时女主角。

"是。好久不见，"向然说这话时牵着易水的手一直没有松开。这个世界真的好小，第一次带易水上街就碰到了"旧人"，不知道以后碰到的糜烂"旧人"会不会更多？

金静注意到了向然身边的易水，更注意到了两人的十指相扣，她的眼光将易水上上下下打量了个遍，然后转了口气不屑地说："怎么？向总开始换口味了？吃惯了山珍海味，换了盘豆芽菜吗？"

易水自见到这个金静就好感全无，她的目光一直不曾在金静身上停留，但听到金静那话，她的脸色立马变得冰冷，她冷冷地看着眼前的时髦女郎，眼神锋刃如刀，她一言不发，死死地盯着金静。

金静触到易水的目光时，刚要说的话立马咽了回去，她害怕这冰冷的眼神，讷讷地说了句："怎么……怎么还不能说……说吗？"

向然也看到了易水的眼神，这样的眼神是他之前一直不曾看到过的，他一直以为易水的眼神是忧郁的，今天才知道还有这般的冰冷。就算这眼光不是看向自己的，也足以让他感觉到寒冷，他不再理会这个金静，对易水说了句："丫头，我们走。"

出了花鸟鱼虫市场，易水拎着装了鱼的袋子，一脸满足的样子。

向然小心地观察着易水的表情，上了车后，他试探着说："丫头，刚刚那是……"

"是谁都不重要啊。"易水低头看着手里的鱼，又抬头看了眼向然，语气里透着轻松。

"丫头，我……"向然要做解释的时候，易水用纤纤细手捂住了向然的嘴，可爱地"嘘"了一声，然后说："不用为你的过去向我做任何的解释！"

到家后，易水忙着照顾新买回来的鱼，向然站在鱼缸前看着里面的鱼儿游来游去，想起了今天和金静的巧遇，这巧遇因为易水在侧让他猝不及防，金静只不过是他那么多故人中的一个，他不知道下一回巧遇的又会是谁，又将会对易水口出何言呢？

向然陷入了深深的矛盾，是将自己过去的糜烂和盘托出还是该三缄其口呢？除了自己和前妻的事儿，还有很多很多的事儿，易水就算不介意或者不听他和前妻的故事，可一旦知道他糜烂的过去又会怎样？

这个周日向然和易水在买鱼的时候，夏夏接到了一个电话："姐？……什么？……真不是我给牵的线，是向然他自己……喂，喂，姐？姐……喂……"夏夏一看手机，对方已经挂了电话，她气恼地将手机扔到了副驾驶座。

她有些害怕石慧杀回来，现在公司的人都以为向然和易水是她给牵的线，若石慧回来，那她在中间得多难做啊？她该向着谁？她该帮谁？

扔到副驾驶座上的手机静静地躺着，夏夏斜眼看了一眼手机，扭头开始启动车子，车子要起步时，她又关了火，拿起手机拨起了电话，电话响了很久，那边的人才接起，夏夏呼了一口气说："姐，你先别着急挂电话，听我解释，向然现在身边确实有女人了，这个女孩还是我最好的闺蜜，但真的不是我给牵的线，刚开始没告诉你，是因为我不太确定，后面没告诉你，是因为我不知道怎么跟你说……"夏夏的话还没有说完，电话里的石慧就说："你先停，那个女孩子是你的闺蜜，就是年龄和你相仿了？"

夏夏没明白石慧的意思，回答道："是啊。向然比易水大十岁的样子吧。"

"哦。这个姑娘叫易水啊？那没事了。"石慧的语气没有了刚刚的咄咄逼人，倒显得很轻松。

"啊？没事了？姐，那你什么时候回西宁啊？"夏夏听石慧语气变平和了忙问。

"你不是之前已经问过了吗？现在是九月份，我过来的话得到明年三月份，得带完这个学期的课。"石慧是大学讲师。

"那向然的事……"夏夏没明白石慧的意思。

"不担心，两人岁数相差十岁，向然的性子我了解，长不了。他就是图一新鲜。我说他来北京见我怎么那么冷淡呢。原来是有新人在侧了。不过我说了，这新人长不了，也没有长得了的新人，等向然腻了他们就散了。"石慧说了一大段，算盘打得满满的。

夏夏真信了石慧的话，以向然的过去真没有长得了的人，便说："那倒也是。那姐我先挂了。"

这个电话打的夏夏心里特别不是滋味，石慧倒不着急了，开始换她担心易水了，她怎么会不知道易水已经深深喜欢上向然了呢？这真要长不了，易水还要再受一次伤害吗？

二十

向然下了班到家正要掏钥匙开门时，门自己开了。他跨门而入，躲在门后面的易水一下就跳进了向然怀里。向然向后一趔趄，易水就笑开了。

向然搂了易水好一会儿。易水从向然的怀里起来，拉着向然的胳膊，走向了餐厅。餐桌上摆着晚饭，易水做的。

"这……这是？"向然看着拽着自己胳膊的易水，惊讶的都不会说话了。

"我做的呀！跟我哥学的。"易水很骄傲地回答着，"你尝尝看，好不好吃？"易水说着把向然推到了椅子上，给向然夹了菜。

向然的眼睛开始红了，他知道他的丫头闻不惯油烟味，因此，厨房也成了易水的禁地，如今为了他，却能做满桌子的菜。

易水坐到了向然的对面，双手托着下巴看着向然吃饭，大大的眼睛明亮亮的，易水记得有一次吃完饭向然起身去洗碗，易水站在厨房门口看着忙活的向然说："向然，不如我们请一个阿姨吧？"

"为什么？"向然没有停下手里的活，抬眼温柔地看着易水，有些不解！

"有阿姨的话，你可以轻松一点啊！"这个时候易水有点怪自己不擅长做家务活。

　　向然笑了，这笑容在易水看来很是温暖，他擦了擦手上的水渍，走到易水面前，看着易水的眼睛很温柔地说："阿姨可以做能果腹的饭菜，却不能给丫头我的爱！知道吗？"说完又走到水池边开始洗碗，又转头一笑说："丫头，你知道什么是甘心情愿吗？"

　　易水当时没有回答，但是她心里特别暖！也因为向然的这句话，易水将闲暇的时间全泡在易山酒店的后厨里，跟易山学做菜，她要给自己最爱的人做一顿可口的饭菜，她做到了。

　　向然自看到这桌菜到饭吃进嘴里，一直没敢张口说话，他怕他一张口会带有激动的颤音，从不进厨房的她居然为他淘米做饭，这样的丫头他怎能不爱？向然的心有一种被拉扯的痛，不管他怎么忍着，眼泪终究从他俊朗的脸上掉到了碗里……

　　易水看到了向然的泪，这眼泪也让她下了一个很大的决心，那就是带向然去见哥哥。这些日子她跟着易山学做菜，易山看易水的变化试探地问易水是否交了男朋友，易水都搪塞了过去，她怕哥哥反对她和比自己大十岁的向然在一起。而现在落泪的向然她看在眼里，她能感觉得到向然对她的爱有多深，她更清楚自己对向然的爱有多深，所以不管哥哥如何反对，她都要坚持自己的感情。

　　易水歪着头，看着哥哥的表情，面露微笑地说："哥，这是向然，是我男朋友。"易水介绍着，"向然，这是我哥，你说你们之前见过。"

　　向然友好地伸出手说："你好。我们之前见过的。"

　　易山礼貌地伸手也说了声："你好。"并重重地握了下向然的手。

　　夏夏保持沉默。

　　易水做完介绍，挽起夏夏的胳膊说："怎么一直不说话啊？自从和我哥恋爱后，你对我可真是冷淡不少啊？"

夏夏把易水拉到一旁低声说："不是要我一直瞒着你哥吗？你这是哪一出啊？"

"那也不能一直瞒着啊？"易水急了。

"你也不提前和我说一声？"

"临时决定的，没来得及嘛！我总不能一直瞒着我哥吧？"易水撒娇地拉着夏夏的胳膊。

易山看着夏夏和易水彼此嘀嘀咕咕的，便喊："你们俩说什么呢？"

"没说什么啊。哥，人我已经带给你看了，那我就先回去了。"易水说着牵起向然的手说，"我们走吧？"

"就这么走了？"夏夏问。

车里，向然重复着夏夏的问题："就这么走了啊？"

"对啊！你见了我哥，我哥也见了你啊！"易水理了理头发，扑闪着大眼睛说。

"你也不问问你哥是否同意我们的事啊？长兄如父嘛。"向然心里有几分惴惴不安的担忧，他感觉到易山不是很喜欢自己。

"不用问。我说了我哥会随着我的。"

向然太摸不清这个女孩的办事思维了，之前从未和他提过要去见她哥，见了哥不到三分钟，就拉着他离开，就说了句："那好吧。"

晚上，易水趴在床上抱着手机傻笑，向然摸了摸她的头问："丫头，笑什么呢？"

易水坐起来，用手点了手机微信的语音，夏夏的声音飘出来："你哥说有空得找向然谈谈，怕向然伤害到你。"

易水放下手机，双手环住向然的脖子问："听到没？这就是我哥对我俩的态度。"

向然在易水的额头轻轻地亲了一下说："听到了，明白了。"

"你会伤害我吗？"这种问题只有像易水这样不谙世事的傻姑娘才会问。

"我就是伤害自己，也断断不会伤害丫头，因为我心疼，因为我舍不得。"看——久经情场的向然是怎么回答的，这回答才叫滴水不漏，还能把人感动死，对。易水感动了。

"向然，你真好。"傻女孩在恋爱里的表现和台词全都在易水身上展现了。

"快睡吧。"

黑暗里，易水安然地枕在向然的胳膊上，被向然环在怀里，她不用再戴着眼罩入眠了。静静地听着向然的呼吸声，她忽然有一种幻想，在绿绿的草坪上，向然站在一边慈爱地看着她和他们的孩子在嬉笑玩耍。

"向然。"易水轻轻叫着向然的名字。

"嗯？"

"我还做梦哭醒吗？"

"好长时间没有做梦哭醒了。"黑暗里向然说着捧起了易水的脸，很长的一个吻。向然翻身将易水压在身下，易水明显感觉到了向然身体的某种异动。

易水忽然很害怕，她慌乱地推开向然，猛地坐起来，将被子紧紧抱在怀里。

向然从某种冲动中开始清醒："丫头，对不起。对不起，我……"

"向然，对不起。我……还没有准备好。"

"丫头，我……"向然无言地将易水抱在怀里说，"乖，睡吧。"

　　这一夜和往常的每一夜一样，易水安睡在向然的臂弯里，天快亮时，向然醒了，这一天就是易水的生日了，他看着安睡的易水，轻轻一吻。

　　易水又一次在梦里开始哭泣，嘴里呢喃着："妈妈，别走。妈妈——"向然心疼地摸着易水的脸问："丫头，丫头，又做梦了？"

　　"妈妈——"易水终于从梦里醒来，梦里的那种撕心裂肺还在胸腔里真实地难受着。

二十一

　　向然早早开始在厨房里准备早饭，浓郁的粥香飘满了整个厨房，向然给易水做的每一顿饭都满含心意。正在忙碌的向然，隐隐听到了一阵关门声，他关了火，屋里不见易水，追出门外，只见易水安静地等着电梯。

　　"丫头，吃了早饭再出去吧，嗯？"向然抓起易水的手问。

　　易水没有任何表情，直直地看着电梯。

　　在向然的记忆里，自他和易水走得很近后，易水从来没有这样过，他想着或者是昨晚自己情不自禁的冒犯惹恼了易水，他开始愧悔不已，摸不着头脑地说了一句："丫头，对不起，昨晚……情不自禁，你别这样子生气了。"

　　"我没有生你的气。"易水低着头说的特别轻。

　　电梯来了，易水要进去，向然握着易水的手，看着易水的眼睛说："吃了早饭再出去，好不好？嗯？"语气温柔有度，带着让人拒绝不得的迷幻。

　　易水知道挣不开被向然握着的手，便由着向然牵着她回到家中，这是易水第一次为别人妥协。易水真的变了，处女座的她从不妥协和让步，可是遇到向然，她变了，是向然的爱让她变了。

　　吃早饭的时候向然很想跟易水说一句："丫头，生日快乐。"可是看了一眼安静的易水，他还是把话咽了下去。

"丫头，我今天不想去上班。"向然终于找了话跟易水搭腔，是的，向然为了这一天都没有去拉萨，把拉萨的事都丢给了陈亮处理，只为了给易水过生日，他是那么的在乎易水，希望易水快乐，可是眼前的易水脸上写满了忧郁。

易水没有接向然的话，淡淡地说了句："我吃饱了。"说完拿起包要走。

"丫头！"向然也从餐桌起身，叫住了易水，"丫头，让我陪着你，好吗？"向然的话音里带着对易水的心疼，甚至还有一丝乞求。

向然的这句话如一把温柔的钢刀，一刀一刀地割着她心头藏了多年的心事，易水忽然特别难受，她知道向然对她的疼爱早已深入骨髓。

向然看易水略有迟疑地停住了脚步，忙说："丫头，你等我一下，一会儿我带你去个地方。"

"这是去哪儿呀？"易水看着车窗外陌生的街景问向然。

向然喜欢开车的时候握着易水的手，车子遇到红灯，向然踩了一脚刹车，车子停了，他转过头，满含深情地看着易水说："一会儿你就知道了，嗯？"

易水最受不了的就是向然的"嗯？"温柔至极，还有丝丝甜味。她便不再说话，安静乖巧得如一只小绵羊。

车子终于停了，易水看到了一个牌子——"西宁市儿童福利院"，她不解地看向向然，向然说："到了，下车，丫头。"

"这儿？儿童福利院？你来这儿做什么？"易水不解地问向然。

"做义工，带着你一起。"向然说得很认真。

"可我什么都不会啊？"

"给宝宝们讲故事，或者唱歌跳舞呀。"向然是笑着说的。

和福利院的孩子在一起的一个上午是简单的，高兴的。易水身上散发着女性与生俱来的母性，她耐心地给孩子们讲故事、做游戏，似乎玩的忘记了时光的流逝，直到向然拉着她的手离开。

坐在车上，易水问向然："为什么孩子们跟你那么亲啊？怎么都叫你向爸爸呢？"

"上次跟你说过，其实我真的挺喜欢孩子的，所以只要工作不忙，我常到这儿做义工，哪怕只有两个小时。"向然很认真地回答易水的问题，"所以孩子们会叫我向爸爸。"

"为什么要带我来这儿？"

"丫头，里面的宝宝大多是被父母遗弃的……"向然说得很心酸，"一出生，就被父母遗弃了。我相信，全天下的父母都是疼自己孩子的，遗弃自己的孩子肯定是有什么不得已的苦衷。"向然顿了顿，继续说："丫头，相比于这些孩子，你是幸福的。没有人遗弃你，相反，你妈妈很爱你。"

易水心里忽然很伤感，她清楚向然要表达的意思，还是多余地问了一句："你想要说什么？"

"丫头，每个人都有追求自己幸福的权利，你不能因为自己的不同意阻挡了妈妈追求幸福的脚步，我知道今天这样的日子，你很想妈妈……"

"不要再说了。"易水心开始硬生生地疼，是的，她想妈妈，特别是在她生日的这一天。向然说的话句句在她心窝，可是她始终不愿意去走进妈妈。

"丫头，不管妈妈走到了哪里，她从来没有停止过爱你，不要责怪妈妈当初的离开，也别让这件事一直结在你的心里，好吗？"向然紧紧握着易水的手，看着她的眼睛又问了一遍，"好吗？丫头。我希望你是开心的。"

易水一直不说话。这么些年，她没有向任何人提及过自己的母亲，也没有人跟她这么分析过关于母亲的改嫁，听着向然的话，易水觉得心里憋的愈加难受。

"丫头，我知道妈妈在你心里的分量有多重，不然你也不会经常从梦里哭醒，不会哭着喊妈妈别走，也不会每年的这一天一个人躲起来。你那么爱妈妈，就不要再责怪妈妈的离开，妈妈并没有做错，她只是选择了追求自己的幸福，她没有不爱你。我想这些年，你这个样子，你妈妈比你更难受……"

"我忘不了妈妈离开时的背影，一直一直忘不了，想起来心里就痛，觉得是妈妈不要我了，这些年我外出采风，总会去格市，躲在妈妈住的楼下，远远地看她买菜回来，或看一眼她下楼扔垃圾，我很想她，可我就是忘不了当初妈妈离开的那个背影……这些年，哥也陪我去看过妈妈，我无法坦然地面对妈妈，我心里一直过不去，直到上次，妈妈病了，做完手术的她昏迷着躺在我的眼前，我觉得妈妈离我好近，离我好近。这么些年，守着妈妈的那一夜是我心里最踏实的夜晚，可是妈妈醒过来的时候，我又逃了……"易水大颗大颗的眼泪落了下来，说起妈妈，她心里痛得无以复加。

向然搂过易水，他怎么不懂易水的感受呢？他既深爱这个女子，便感同身受："丫头，好好理一理自己的心，如果你想，我陪你去看妈妈，好吗？"原来爱一个人就是替她所想，为她担当，向然一直想着送什么样的生日礼物给易水，原来有一种礼物可以润物无声，解开多年的心结，这是其他俗物不可比拟的。

"真的吗？"易水趴在向然的怀里问。

"当然。"向然从自己的怀里扶过易水的肩膀，让她坐好，并细心地给她绑了安全带，发动了车子。

易水开始渐渐地平复，她安静地看着认真开车的向然，刚好向然也侧头，温暖一笑的向然已经深深地在易水心里了。

湖心的小船上，两人安静地深情相望，当向然的唇快要接近易水时，易水的手机忽然响起了短信提示音，向然略显尴尬。

易水从包里掏出手机，短信的内容很简单，简单的只有四个字："生日快乐。"

发来短消息的人是杨光。易水记得和杨光在一起的八年，每一年她生日，杨光都变着花样哄她高兴。易水却总是一个人躲起来，去任何人都找不到她的地方。而杨光的祝福从不缺席，会变成短信追随她。过去的八年如此，今年也是。

易水久久地看着手机屏幕上的那四个字，心里有言不出的滋味。

向然默默地踩着船，细细地观察着易水的表情，试探地问："丫头，怎么了？"他没有问是谁的短信。

"是杨光发来的消息，说生日快乐。"易水收了手机，看着向然说。

向然没有接易水的话，伸手摸了摸她的头，深情又温柔地看着易水说："丫头，生日快乐。我希望以后你每一年的生日我俩都能在湖心公园划船。"向然嘴上是这么说的，心里更是这么想的。

易水被简单的幸福包围着，重重地点点头，眼里似乎有泪，继而又傻笑地问向然："那你的生日我俩做什么啊？"

"我的生日？我从来不知道我的生日是哪一天。"向然语气颇为伤感。

易水惊讶地问："为什么？你怎么会不知道自己的生日是哪一

天呢？"

"傻丫头，等以后告诉你。"向然利落地用一句话结束了这个话题，立马进入到了另一个话题："丫头，你喜欢小孩子吗？"

"当然喜欢了。小宝宝多可爱呀。"易水回答得很认真。

"是呀。我也很喜欢孩子。"向然这是暗示呀。赤裸裸的暗示。

"那我们下个周末还去福利院做义工好不好？"单纯的易水完全没明白向然的暗示。

向然笑了，弱弱地笑了，无语地笑了，他抓了抓耳边的头发说："好，下个礼拜还去福利院做义工。"

"太好了。"易水激动地说。

"丫头高兴就好。"向然都是随着易水的。虽然暗示没成，易水没明白，至少易水是高兴的。

两人安静地踩着船，都不再说话。向然似乎很享受这样的安宁，头顶阳光正暖，身旁美人如花。他总喜欢牵易水的手，他觉得拉着易水的手有一种踏实的感觉，似乎给易水贴了标签，标签上写着："易水是向然的。"

"丫头。"向然轻轻地唤着易水。

"嗯？"

"如果可以，我现在就想娶你。给你全世界的幸福。"他直直地盯着易水，"真的，我想娶你！"向然肯定地说。两人虽然认识不久，却彼此熟悉，能彼此感应，如此美好的感情，确实该有最好的归宿。

"我一直觉得婚姻离我很远……"易水莫名地伤感起来。她的话还没有说完，向然就抢着说："不，丫头。等跟你一起见过妈妈，我们就结婚，好不好？"

易水沉默。她一直觉得婚姻离自己好远，婚姻是什么？是像自己的父母那样每天争吵吗？那样的婚姻她不想要。她有点害怕婚姻，这害怕让她不知道怎么回答向然的问题。

向然看易水不说话，觉得自己可能太心急了，将易水搂在怀里，说："那我们先去看妈妈？好不好？"

"这个，我得问一下我哥呀。"易水如实回答，这个生日，向然的一番话，解了易水这些年对于母亲离开的心结，她很想妈妈，其实也很希望能早点去看妈妈的。至于结婚，她真的觉得婚姻离自己好远好陌生。

"好的。"说起易水的哥哥易山，向然还等着易山找他"谈话"呢。

"哥，生日快乐。"易水在电话里欢快地说。

易山愣了几秒钟后回复："生日快乐，小水。"易山是真的愣了，这么些年里，易水从没他说过生日快乐，而自己也不敢跟易水提生日。易山发现易水似乎变了，变得不那么忧郁了。

"哥。我想跟你说一件事啦。"易水撒娇着。

"什么事？你说，哥替你去办。"易山真的很宠很宠易水，什么事儿都应承得很快。

"这件事嘛。你还不能代劳的，我想去看看妈妈。"

"哦。好啊。"易山习惯了易水说去看妈妈，每次都是远远地躲着妈妈不靠近。

"哥，我是和向然一起去看妈妈的，我想让妈妈也见见向然。"易水看了一眼向然，向然安静地在一旁踩着船。易水又紧着问："哥，你去吗？"

易山一刹那被易水搞得有点思维不清了，他有点没明白易水的意思，迟疑着问："你的意思是去看妈妈？和向然一起？"

"是啊。向然陪我去。妈妈上次做完手术也不知道现在恢复的如何，我想近两天就去看看，哥，你到底去不去？你要不去的话，就跟妈妈先打电话说一声。"

"妈手术后恢复的挺好的。这次哥去不了，酒店最近比较忙。"易山说的倒是实话。

"那好吧。等我回来给你打电话。挂了哦。"易水说着就要挂电话，就听到哥在电话里喊："易水，等一下。"

"哥，什么事啊？"

"我就是不明白你怎么突然想起去看妈妈的？"易山猜到肯定是向然劝说的易水，只是他想得到证实。

易水温柔地看了一眼向然，跟哥说："因为向然说就算妈妈去了格市，也从未停止过爱我，向然说他陪我一起去看妈妈。"

向然牵着易水从游乐场出来，两人吃了饭，已是日落黄昏的时分了，"丫头，今天是你生日，还差一个生日礼物哦。"向然深情地问易水说，"想要什么样的生日礼物？嗯？"

易水很享受向然的这种疼爱，她眨着灵动的大眼睛说："我已经收到你送我的生日礼物了。"

"嗯？什么？"

"那就是你爱我的心，这是最好的生日礼物。"易水动容地说。

"傻丫头，走，带你去一个地方。"

"又要去哪儿？"

"到了你就知道了。"向然语气霸道，牵着易水的手往停车场的方向走去。

向然的车子很快出了市区，驶上了一条土路，车子开始变得颠簸。

　　"丫头,坐好了。"向然暖心的提示。易水轻声应着,不再问向然车子将开往何处。

　　路峰一转,落日的余晖下,出现了一片秀美的小树林。

　　向然一脚刹车,车子停在了小树林的边儿上,他解开了自己和易水的安全带,不由分说地将自己的唇盖到了易水的唇上。时光安静地流走,留下的全是美好甜蜜的气息。

　　"穿过小树林,还有一条小溪。今晚,咱们住这儿,好吗?嗯?"向然捧着易水的脸问。

　　易水双眸清澈,眼睛灵动,一切她都愿意随着向然的安排。

　　落日的余晖很快被黑暗所吞噬,向然从车子的后备厢拿出上次去北山时用过的帐篷搭了起来。

　　易水躺在帐篷里,靠在向然的臂弯里,将哗哗的流水声、风穿过小树林的沙沙声,还有向然的心跳声都听得一清二楚,这一刻没有了都市的混沌和喧嚣,有的全是老天赋予的最美好的东西。

　　"向然,你知道吗?因为有你,这个生日,我过得特别开心。"易水靠在向然的臂弯里说:"父母离开后,我以为我的生日只剩下黯淡了。"

　　"我的傻丫头。"向然疼爱地说。

二十二

　　杨光手里握着手机，伫立在窗前良久，思绪空白地看着窗外的万家灯火。

　　不知道为何，他心里感到很失落。或许是他在期盼着易水的回复。

　　下午的时候，他拿着手机编辑短信，编辑了好久，写了一大段，删了又重新写，写了又删，当一大段文字删的只有四个字"生日快乐"时，他犹豫了好久，终于摁了发送键，信息一发出去，他就开始期盼，期盼易水的回复，哪怕只是客套的"谢谢"二字。

　　可是他等到了半夜，依然没有得到回复。

　　他不明白自己为何会如此的失落……

　　大着肚子的冉晓萌悄然地来到杨光的身后，关切地问："怎么还没睡啊？"

　　杨光迅速转身，那份失落也在转身的一刹那被他藏到了心底，他小心地扶着冉晓萌走向卧室："晓萌，你怎么起来了呢？"

　　"我等你一直不来睡，出来看看你！"

　　在易山和易水生日的这一天，夏夏带易山见过了自己的父母，父母对易山很满意，夏夏心里自然很高兴，开始盘算着早点儿结婚。两人从家里出来，易山对夏夏说："今天易水给我打电话了，想不想知道她跟我说什么了？"

夏夏看着面露喜色，故意卖关子的易山问道："稀奇了，易水还能跟你说什么？"

"哈哈，不知道了吧？你绝对猜不到。"易山知道妹妹要去看母亲，打心眼儿里高兴。

夏夏瞪了一眼易山说："快说，易水到底说了什么？"

"好吧。告诉你。易水说想去看妈妈，问我去不去。"

"看妈妈？易水的心结解开了？"

"应该是，她说向然会陪她一起去看妈妈，这向然还不错啊。能解开易水多年来一直郁结的疙瘩，能替易水考虑，这向然人还行啊。"易山说着把话题的重点从易水看妈妈转移到了向然的为人。

"易山你说这话是什么意思啊？你的意思是你默认了向然和易水的关系了吗？"

"只要易水高兴就行，本来想着找向然聊一次的，如今看来没这个必要了，向然对易水是真的很好的，你看今天易水生日，他没上班还陪一天呢。"

"你不知道我石慧姐要回来准备和向然复婚的吗？我之前跟你说过这事的，我还以为你会劝劝易水的呢，怎么现在你还默认他们的关系了呢？"夏夏说的都有点儿急了，声音提的很高。她一直以为易山会阻止易水和向然在一起的，没想到还居然说起向然的好来了。

"你怎么还急了呢？"易山安抚着夏夏说，"感情要两情相悦才行，两情相悦你懂吧？就是我和你属于两情相悦，你怎么考虑和看待问题的呀？你姐单方面想复婚根本就没戏，这事你别操心，也别掺和。现在易水和向然就是两情相悦，你姐想复婚就能复得了吗？那也得看向然的意思不是？"

"易山，就算我姐单方面复婚不成，向然什么样的为人，你不清楚吗？你就不怕易水受伤害吗？"

"我以前怕，现在不怕了，你知道我为什么不怕吗？因为我知道向然是真的爱易水的，我的妹妹我了解，这么多年，自从妈妈离开后，她心里的这个结一直解不开，为什么偏偏向然可以？是向然替易水想着一切，向然什么样的为人啊？易水能看错人吗？易水爱着向然，向然也爱着易水，彼此相爱就是受伤害吗？那我爱你，你受伤害了吗？"

"易山，你根本就是偷换概念，胡搅蛮缠，我和你，易水和向然，情况根本就不一样。"

"有什么不一样？怎么就不一样，在我看来，就一个样，夏夏，你是不是盼着向然和易水分开？是不是盼着向然和你姐复婚啊？你到底什么心理呀？"

"易山，你浑蛋！"

吵起来了！本来见家长挺高兴的事，怎么两人还吵起来了！

"易山，你就是个混蛋！"夏夏说着抓起沙发上的抱枕给易山丢了过去，丢完跑向了卧室。

易山蒙了，傻傻地抱着夏夏丢过来的抱枕自言自语道："怎么还吵起来了？真生气了？"他丢下抱枕，冲到了卧室："夏夏，夏夏——"

向然看着电视新闻，易水迈着小步挪到向然跟前，装着委屈的样子。

"怎么了？怎么还这副表情呢？"向然满眼疼爱地掐了掐易水的脸蛋问。

"想跟你说一件事，但是怕你骂我。"易水一副可怜的样子说。

向然关小了电视的声音，将易水拉进自己的怀里问："嗯？到底什么事啊？让你这么为难。"

易水继续小声地说："今天旅游杂志的编辑要我去一趟周庄……"

"你答应了？"向然浅笑着问。

易水弱弱地点头。

向然假装生气。其实他心里知道处女座的易水还是个工作狂。

"不要生气啦。"易水拉着向然的胳膊，摇着向然说："其实，我心里真的还没有做好去看妈妈的准备，虽然我很想妈妈。我答应了你去看妈妈，给我点儿时间，好不好？"

向然一直不说话，看着易水的可爱模样。

易水继续说："那等我回来，我们再去看妈妈，好不好？"

"那你去多久？"向然握紧易水的手说。

"这次大概得十来天的样子吧？"

"去这么久？"向然真的很不舍。

"嗯。"易水知道向然的不舍，其实她也舍不得离开向然，可是她也不能因为爱情放弃自己喜欢的工作。

向然想陪着易水去，可是他也有工作缠身，他还要去拉萨那边，为了给易水过生日，他把那边的工作都交给了陈亮，如今真的该去看看了。"对不起，丫头，我不能陪着你去。"向然心里真的很想很想陪着易水去。"丫头，我好不放心。"向然说着心开始痛。

"没事的，别担心。"

"那你什么时候走啊？"

"我现在就去订票吧。"

"可以不去吗？"向然眼神在乞求，他是真的不放心易水一个人外出，很不放心。

"这是我的工作，我不去，怎么养活我自己啊？"

"我养你。"向然立马接了易水的话，说得很真诚肯定。

"我能自己养自己。"易水说完订票去了，向然颓然地靠到沙发上，他真的不放心易水一个人出门。可是他没有魄力，没有魄力再一次放下那么多的工作跟着易水的脚步，他拼命工作也只是为了让易水过得好一点儿。

一个人在家的时光是孤寥的。

屋子里没有开灯，向然不想开灯，他真的很受不了和易水的分离。

向然来到鱼缸前，对着里面游来游去的鱼儿说："你们知道我想丫头吗？你们知道吗？嗯？黑米，黑米，你知道我有多想丫头吗？"那条被易水救活的小黑鱼被取名为黑米，此刻游得正欢。

鱼缸在黑夜里散发着淡蓝色的光，向然背靠着鱼缸坐在地板上，和鱼儿说着自己对易水的想念，这一幕像极了易水每每坐在鱼缸前和鱼儿们说着自己的心里话的样子。

一阵电话铃声突兀的响起，向然循声在黑暗的屋子里找手机，终于在沙发的靠垫后面找到了发着亮光的手机，他清了清嗓子，接起手机："喂，亮子。"

"向总，给你汇报下这边的情况。"

"嗯，你说。"向然坐到了沙发上。听完陈亮对工作进度的汇报后，向然说："我知道了，我明天安排人事部和行政部的同事去拉萨协助你的工作。"

"向总，你是不是该过来看看？"

向然想了一会儿说："我相信你，兄弟，有你在拉萨盯着，我很放心，你跟着我这些年，4S店的经营模式我有多熟悉你就有多熟悉，先让人事部的招聘普通员工，各部门的负责人可以从这边4S店抽调，前期也有重点培养，等人员全部到位，厂家会来人组织参训，到时候我再过去。"

"行，如果有问题我再给你打电话。"陈亮说完紧接着又叫了一声"向然——"

向然问："还有什么事？"

"向然，石慧给我打电话了。"

"你们怎么又联络？"向然很疑惑。

陈亮没有回答向然的问题，继续说："石慧要我劝你，她想和你复婚。"

"过去的事情我不想提了。亮子，你也知道我现在心里只有易水，我们很快要结婚了的。"

"可是石慧她……"

"好了亮子，不要说了。我明天会派这边的同事过去协助你的工作，其他的都不要说了，你在那边辛苦一点儿，就这样。"

"可是石慧她有你们的……"

陈亮的话没有说完，向然挂了电话。

向然深深地陷在和易水的感情里，他不想再听到什么复婚。上次去北京的时候，石慧就找过向然表达了她的复婚之意，向然也委婉地明确表示了两人并不合适，不可能复婚。向然想不通石慧怎么会找陈亮当说客……他明明记得那个时候石慧一点儿都不喜欢这个陈亮。

向然不想再去理会石慧心心念念的复婚之意，甚至发动了周围很多人来让他回心转意。他没有做任何理会，他的心力全在易水身上。他担心他的丫头在火车上吃没吃饱，睡没睡好，他想他的丫头肯定会想他，一如他想她。

向然拿出手机，打开微信，一行字出现在手机屏幕上"丫头，从看不见你的第一秒，我就开始在想你"。他点了发送。

刚点了发送就收到易水的回复了："我也想你，没有你的臂弯，我睡不着……"

"丫头……我后悔让你一个人出门了，我应该陪着你的，我好担心你。"

"我没事啦。就是躺在铺上，一直睡不着，不知道是火车颠簸的，还是想你想的。"不知道从什么时候开始，易水说话也开始如此的沁人心脾了。

向然看着易水发过来的字，不禁把手机握得更紧了。这三十五年间不屑于说的情话在和易水分开的此刻此夜全说完了，他那么想她，这种不知名的想念吞噬着他的心，好痛。

……

"丫头，不早了，你早点儿睡吧？"

"我早点儿交稿交照片，然后快点儿回来，好吗？"

"好。"向然几乎是含着泪输了这个字。

一闲下来，思念便如潮水般涌来，一浪高过一浪，分开还不到二十四小时，向然对易水的想念早深入到了骨髓。

手机轻微地震动，易水一个激灵爬起来，打开手机，是向然发来的微信消息："丫头，分开还不到二十个小时，我似乎不能承受想你时的心痛。"

没有一秒钟的迟疑，易水握着手机回复着向然："你的不能承受更是我的不能承受。"

"丫头，别离开我，不管发生什么事，都别离开我，好吗？"向然的消息又过来了。

易水飞快地打字："不管我在哪里，我的每一次心跳都是爱你的乐章，直到我生命的终点……"

相爱的人就是这样，三十五岁的向然如此沉迷，二十五岁的易水更是如此沉迷，沉迷在彼此浓得化不开的爱意里。

易水一路舟车劳顿，这天傍晚，她终于到了周庄——烟雨江南，碧玉周庄。

她似乎有点儿迫不及待，迫不及待地来到她从网上订好的客栈。客栈临河而建，整个房间古色古香，镂空的雕花窗柏中射入斑斑点点细碎的阳光，刚好照在最让她喜欢的古木雕花床上，雕花精致，还有粉色的纱帐被金属的钩子挂在床的两边，窗前放着两把古色古香的木椅子，木质的圆桌上放着一套茶具，雕花古床的另一侧是一台精致的木质梳妆台，梳妆镜里易水水灵而婉约，与这个清新闲适的房间太相配了。

易水好喜欢这个房间，她麻利地将床上铺的白色床单和被套换成了自己带来的粉色玫瑰的一套床单被套，整个床立马变得暖暖的了。

易水拿出手机，拍了一张雕花床的照片发给了向然，有点儿小激动的她又打了一行字："我好喜欢这个床。"

消息发过去不久，就接到向然的电话了："丫头，到了吗？"

"嗯，刚到。"易水坐在床上问，"看到我给你发的那个雕花床了吗？很有古韵的，对不对？"

"嗯，看到了。"向然顿了顿说，"丫头，你说古人的洞房花烛夜住的是不是也是这样的雕花床啊？"

"啊？"易水没跟得上向然跳跃的思维。

向然在电话的那头笑了，问："丫头，累不累啊？"

"还好，不是很累。明天开始就要采集照片，写稿子了。"易水手里把玩着粉色的纱帐说。

"那今晚就好好休息。嗯？"

"嗯，我尽快忙完就往回赶，马上国庆长假了，我要和你在一起。"易水娇娇地说。

"好，丫头，我想你。"从易水离开西宁，向然说了无数遍"我想你"，说得一遍比一遍情浓。

"我也想你。"自从和向然在一起，易水一直表达着自己最真实的情感。

深夜，易水坐在电脑前，筛选着白天拍的周庄的照片，电脑旁边放着一桶泡好的方便面，她端过方便面，吃了一口，又盯着电脑，再吃一口，继续盯着电脑，修着稿子里要用的照片，忽然感到很烦躁，这几天满心对向然的思念，一刻没有停顿，一天手机电话和短信没有断过，如此不安心，以至于拍出来的照片，自己看着都特别不满意。

站在著名画家陈逸飞《故乡的回忆》的取景地双桥上，易水看着清晨的阳光，努力地透过薄雾，阳光照在她的身上，洒进她的心里，她想起了向然，想起了向然说过要陪她看每一天的日出，想起了刚刚那个真实的梦，梦里真实思念的心痛又一次把她包围，她在周庄清晨的阳光下，有了这次杂志社稿子撰文的灵感，题目便是"周庄——真实而心痛的梦"。

易水就这样在周庄的小巷里缓步地走着，沉思着，神游着。远处还传来小船的划桨声，船上的女子吴歌浅唱、音质婉转动人……这个清晨是雅致的。

吃一盏"阿婆茶"，撑一把油纸伞，这个清晨的周庄，让易水明白了为何台湾作家三毛一来到周庄便哭了……

回到客栈，打开电脑，易水开始撰文，文思泉涌，行文如流水……

二十三

夏夏在上班的空当儿，偷偷地在百度里输入"月经推迟的原因"，一点击搜索，页面转换，出来一大堆"在线咨询"和某些医院人流的广告，她厌烦地点击着右上角的红叉，终于在众多没用的信息中总结出来两点月经推迟的原因：一、月经不调；二、怀孕。

怀孕？

夏夏的脸色变得紧张了起来，她一巴掌重重地拍在自己的脑门上，大姨妈推迟了十天，这是她之前从未遇到过的现象，都怪易山，她心里暗暗骂着……

不会是真的怀孕吧？夏夏开始惴惴不安，双肘撑在桌子上，双手捂着五官开始扭曲的脸……

怀孕？怎么会怀孕？怎么一点儿反应都没有呢？如果真的怀孕了，这个孩子要还是不要？

夏夏脑袋彻底乱了？

"什么？真的怀孕了吗？"易山先是嘴巴张得很大，继而满脸喜悦，再次确认："是真的吗？"

"应该是吧。大姨妈推迟都十天了。"夏夏躺在沙发里，用靠枕捂住了脸。

易山开始有点儿小小的兴奋，说："真的吗？太好了！易水要当小姑姑了。"易山啊易山，第一反应居然不是自己当爸爸，而是易水当小姑姑。

"应该是，怎么办啊？"夏夏焦躁着翻了个身，继续说，"可是我没有一点儿怀孕的反应啊。可是大姨妈真的没有按时驾到啊。你说怎么办啊？"

"要不上医院去查查？"易山关切地说。

"我才不要去医院，我最害怕的就是打针了。"夏夏说着摆手。

"检查而已，又不打针。"

"那检查要是真怀孕了呢？"

"那就生下来啊。"易山说得很坚决，"你还想怎么样啊？你不会不想生吧？"

"这个孩子来得不是时候，再说我们没结婚怎么生孩子啊？"夏夏开始找着借口。

"怎么就来的不是时候啊？孩子来了就是时候，关于结婚，可能我给不了你隆重盛大的婚礼，但是我能给你一个温暖的窝啊，虽然暂时我还买不起房子，但是可以首付供一套啊，只要你想生孩子，这些都不是问题啊。"易山考虑的都是最实际的问题，他把父亲的老房子回迁的名字写成了易水的，他首先考虑的是易水，这么多年来还从来没有真正的考虑过自己的问题，直到夏夏说可能怀孕了，他才考虑到自己的房子，还有结婚……

"你之前不是说要等到易水结婚后，我们才结婚的嘛？再说这孩子来得有点儿早，我们还年轻……"夏夏的话还没有说完，易山打断了她的话，认真地看着夏夏，低声说："不是，夏夏，你说了一大堆，你到底什么意思啊？"

　　夏夏也注视着易山，唇角一动说："我想说的是……如果真的怀孕了，我们先把这个孩子拿掉吧？这个孩子来得不是时候……"

　　易山"囔"地从沙发上站起来，看着坐在沙发上的夏夏，无言地绕过茶几，又很无措地背过身，心酸而无奈，又转过来，看着夏夏说："如果你觉得不是时候，如果你真的要拿掉孩子，好……我随你……你要是真去拿掉，我也陪着你去。毕竟是我的原因，你才有的孩子，孩子也是我的，我陪你去……去……拿掉。"易山的声音艰涩颤抖。

　　易山说完，默默地回到了卧室，关上了门，关上门的刹那，他的眼眶蓄满了泪，不知道是哪里来的一种心痛，是因为一条小生命即将夭折？是因为他觉得夏夏不够爱他？还是因为他开始怀疑什么是真正的爱情？

　　夏夏看着刚刚那样的易山，看着易山丢下她回到了卧室，她又一次颓然地躺倒在沙发上，揽过一个靠枕，把脸捂得结结实实。

　　第二天一早夏夏还没有睡醒，易山趴在她的耳边，温柔地说："能不把孩子拿掉吗？"

　　"嗯？什么？"夏夏迷糊地说。

　　"可以生下来啊。孩子来了就不要拿掉了。"易山的语调温和，似是乞求。

　　夏夏似乎立马清醒了，坐起来靠在床头说："这个问题就不要讨论了，如果真有孩子了，这个宝宝我们不能要的，我们还年轻……"

　　"夏夏，你是爱我的吗？"易山问得很认真。

　　夏夏看着易山，一时不知道怎么回答。

　　易山凄然笑了，说："好吧。我知道了。你起床吃饭吧。我做好早饭了。"说着摸了下夏夏的脸。

夏夏握住了易山的手，易山抽开了，默默地拉开卧室的门……

吃早饭的时候，易山温柔地笑着对夏夏说："我陪你去医院检查一下吧？"

"我不要去。"夏夏低头，不看易山的眼睛。

"那我先去上班了，你上班路上开车小心。"易山说完出门了。

夏夏摸着自己的小腹，看着门的方向说："易山，对不起，这个孩子不能要，我现在没有那么多的精力去要这个孩子……"

二十四

夜，凉。

易水经过二十多个小时火车的辗转颠簸，感觉脑子在发昏，从火车上下来再到站台上站稳，她立马来了精神，她知道有人在等着她。

火车的出站口有人在翘首以待，这个人就是向然。

回到家里，向然让易水闭上眼睛，他带着易水来到房间："丫头，睁开眼睛。"

易水睁开眼睛的刹那，用手捂住了嘴，眼泪没有停顿地留下来了。

眼前的房间跟她走之前的房间变了样儿，房间里多了一张古色古香的雕花木床，挂着粉色的纱帐，铺着粉色的床单……

向然怜爱地替易水擦掉了脸上的泪，易水转身紧紧地抱住了向然，向然的唇便落了下来。

"丫头，你愿意嫁给我吗？"在雕花古床的旁边，向然单膝跪地，手里拿着熠熠发亮的戒指。他的眼神里有不容拒绝的乞求，这眼神让易水觉得心疼。

"我愿意。"这三个字是易水经过深思熟虑才回答的，和向然分开，独自一人的周庄行让她真切地知道了自己是多么的爱向然，既然相爱，婚姻才是最后的归宿，易水当然懂。

向然将戒指套在易水纤纤玉指上，起身拦腰搂过易水，紧紧地相拥。

也是在这一晚，易水在她喜欢的雕花古床上，真正地将自己给了向然。

易水说："向然，我把自己完整地交给你了。"

向然说："丫头，我会一辈子对你好。"

粉色的床单上有滴滴落红……

早饭吃到一半的时候，向然问："丫头，要不我们去拉萨吧？那边我还有许多工作。"

"好吧。"易水没有犹豫地答应了，她要陪着向然去拉萨，她知道向然因为她落了好多的工作。

向然和易水去拉萨前，去了趟易水母亲那里，向然陪着易水去的。

易水心里多年的心结，在听到妈妈含泪叫她"小水"的那一刻全都解开了，向然说得对，不管母亲去了哪里，从来没有停止过爱她。

向然对易水的妈妈说："妈，你放心，我会对丫头好的。我会好好保护她不让她受到一丝伤害的，你放心。"

易水在妈妈的床头发现了好多的杂志，那些杂志上要么有易水的文章，要么插页上有易水拍的照片，易水知道妈妈是爱她的。妈妈用她的方式关注着易水。

易山看着夏夏每天魂不守舍的样子，格外心疼，以为是怀孕所致，关切地说："夏夏，要不我们去医院检查一下吧？"

"检查什么啊？"夏夏一提医院就脑袋很大。

"那你也不能一天魂不守舍啊？我刚认识你的时候你一天嘻嘻哈哈、开开心心的，你看你现在，一天这么沉闷的。"

"易山，我没事。"夏夏很烦躁。

"夏夏，就算你真的不要这个孩子，我都依你，虽然我很不舍得这个孩子。"易山说这样的话，其实是希望夏夏能改变心意。

坐在沙发上的夏夏，听着易山的话，蹲到了地上，一言不发。

"夏夏，你怎么了？"易山紧张地问。

"来了，来了！"夏夏的脸上完全换了一副兴奋的表情。

"什么来了？"易山搞不明白。

夏夏不说话急匆匆地冲到了卫生间。从卫生间出来的夏夏邪笑着把易山压倒在沙发上，继而高兴地欢呼："真的来了。大姨妈来了。"

夏夏紧接着站起来，跳着说："没怀孕，没怀孕，虚惊一场，没怀孕，易山，我没怀孕。"夏夏高兴得恨不得一跳三尺高。

易山看着猴子一样上蹿下跳的夏夏说："原来，没怀上我的孩子让你这么兴奋……"易山说完很神伤地回屋了，丢下一脸莫名其妙的夏夏接着兴奋。

夏夏按捺着兴奋，跟着易山回到了卧室，易山直挺挺地倒在床上，眼睛看着天花板。

"易山，你怎么了？"夏夏问。

易山猛地坐起来，扶着夏夏的双肩问："你爱我吗？夏夏。"

夏夏被易山吓到了，摸了摸易山的额头说："你发什么神经呢？这也不发烧啊？"

易山放开了夏夏，又躺倒在床上，翻身背对着夏夏，说了一句："我爱你。"夏夏理解不到易山说"我爱你"的时候心里的酸涩，他问了夏夏两次"你爱我吗？"两次都问的那么认真，而两次夏夏都神经大条地没有回答，易山看着她来大姨妈时的上蹿下跳，心里悲哀到难以呼吸。

在拉萨。

向然去新建的 4S 店了，易水一个人在酒店，有点儿百无聊赖，忽然，眼睛看到了戴在手上的戒指，拿起手机，拍了一张照片，微信发给了夏夏：看到了吗？向然的求婚戒指，不许你不看好我和向然的感情。

夏夏听到手机响，拿起手机，看到了易水发来的图片和消息，她的心里"咯噔"一下。

"向然已经跟你求婚了吗？你答应了吗？"夏夏急急地问。

"当然啦。夏夏，我要你祝福我！"

易水发了消息过去，夏夏便不再回复了。

夏夏拿着手机，仔细地盯着照片里易水手上的那枚戒指，他们真的要结婚了吗？要不要告诉石慧呢？夏夏反复地思量着。

良久，夏夏将易水发过来的照片保存到了手机。心一横，发给了石慧。

"夏夏，那枚戒指好漂亮，是你要结婚了吗？"石慧的微信消息立马过来了。

"姐，不是我。"

"怎么不是你呢？"

"姐，图片里的戒指是向然给易水的求婚戒指，已经……求婚成功。"

夏夏的消息发过去不到三秒钟手机就响了，夏夏硬着头皮接起来，不等她说话，就听到石慧疑惑地问："夏夏，你说那图片里的戒指是向然跟那个易水的求婚戒指？"

"是的，姐。"

"看来向然是认真的。"石慧这句话像是自言自语。

"他们可能很快要结婚了，姐，你就别想着复婚了，都离婚这么多年了，各过各的，不也挺好的嘛？"

"你知道什么啊？你什么都不懂。"石慧的语气很不耐烦。

夏夏刚要说什么，那边已经挂了电话。她不知道这样做对不对？

正当夏夏暗自生气时，手机又响起："姐，怎么了？"

"夏夏，我想问的是他们还没有领结婚证吧？"

"没有的，这段时间，向然和易水在拉萨。"

"好，我知道了，那他们什么时候回西宁啊？"

"这个我不清楚，不过我可以帮你问一下，姐，你要回来了吗？"

挂了电话，一堆的事，一堆的烦心事，夏夏感觉脑袋要爆炸了，她猛地意识到这几天的易山好像对她格外冷淡。

这些天的易山一直闷闷不乐，回到家和夏夏的话很少，虽然他还是一如既往地惯着夏夏，可是总感觉两个人之间少了先前的那份亲密。

"易山，你最近怎么了？好像不开心的样子啊。"坐在沙发上的夏夏挪到易山身边，靠到易山的怀里问。

"没有不开心啊，我倒是觉得你最近有点儿不对劲啊。"

"啊？我啊？没有不对劲啊！"夏夏掩饰着，"哦，对了。给你看个东西。"

"什么啊？"

夏夏从茶几上拿过手机，点开微信，找到易水发来的照片，递给易山说："向然向易水求婚了，这是求婚戒指。"

易山拿着夏夏的手机，半晌不说话。

夏夏掰了一瓣橘子，送到了易山的嘴边，易山躲了，忽然表情变得很严肃。

"怎么不吃啊？"夏夏把那瓣橘子放到了自己的嘴里问。

"你为什么这么做？"易山似乎很伤心，问的声音很低沉。手机的屏幕上显示的是夏夏发给石慧的消息。

"什么啊？"夏夏一头雾水。

"你为什么要这么做？是不是易水的任何事，你都要告诉你姐？你是你姐安排在易水身边的奸细吗？你是不是盼着易水过不好？是不是见不得易水快乐一点儿？易水要你祝福她，而你却告诉你姐！夏夏，你是想着向然和易水分开，好和你姐复婚是吗？亏你还是易水的好朋友？亏你还是我的女朋友，你就是这样对待我妹妹的吗？在你心里你把我置于何地了？"易山的音量不高，可是他却感到心一阵一阵的发凉。他从沙发上站起来，看着夏夏，每一句话说出来都刺着他自己的心，他以为夏夏爱他懂他，可是他不理解夏夏作为妹妹最好的朋友，作为自己的女朋友，为什么这么做？难道夏夏不知道在他易山的心里妹妹易水比自己还要重要的吗？

夏夏惊愕了，放在嘴里的橘子都没咽，她没见过这个样子的易山。易山说出来的话，也刺着她的心："易山，你知道你在说什么吗？在你心里我就是个奸细吗？你就是这么看我想我的，对吗？"

易山看到夏夏反驳，无奈又生气地张了张嘴，他转身背对着夏夏闭上眼睛，呼了一口气，又转回来看着夏夏说："你难道不知道我最希望的就是易水快乐一点儿吗？易水好不容易找到一个懂她又爱他的男人，你为什么要告诉你那个一心要复婚的姐姐呢？"

夏夏低着头，不说话，她怎么不知道在易山心里易水的位置呢？她更知道此刻站在自己面前的易山是真的生气了。

"你爱我吗？是真心爱我的吗？你对我的好，你对易水的好，都是真心的吗？如果是装的，你到底嫌不嫌累啊？"易山看夏夏不说话，狠狠地问道。

夏夏彻底愤怒了，她将手里一瓣一瓣的橘子一股脑全丢给了易山，大吼道："是，我对你们不是真心的，我对你们好全是装的，我不嫌累，我一点儿都不嫌累，我就是见不得易水好，见不得易水快乐……"夏夏说着笑了，笑着笑着眼泪就流出来了。

易山躲着夏夏丢过来的橘子，听到夏夏的话，"夏夏，你就是一个浑蛋。"易山说完就要走。

"你要去哪儿？"夏夏追问。

"不要你管。"易山说完拉开门走了出去。

看着易山走出了家门，夏夏的泪止不住地往下流，她虽是个外表强悍的女汉子，可是她的内心并不强大，她以为易山会懂她的，易水迟早要面对一个复婚的前妻，只是或早或晚，就算夏夏不告诉石慧，石慧也会从别人口中知道的，到时候石慧会怪夏夏没有告诉她，而不管谁告诉石慧，对于易水而言，都是一样的，都是要面对的。

"易山，你怎么不理解我啊？"夏夏心里一阵悲凉。她怎么会不想易水快乐一点儿呢？

"姐，你为什么偏偏要复婚呢？当初离婚的人是你，如今要复婚的人也是你，你知道我夹在中间有多为难吗？"夏夏站在窗前想。她想起了小时候，父亲和母亲很忙，总是把她放在大姨家，那个时候都是石慧照顾着小小的夏夏，把她当成亲妹妹一样的疼着，带着她去便利店买五毛钱的汽水，辅导她的作业，睡一个被窝，姐妹俩的感情一直很好，直到后来父亲饭店的生意走上正轨，母亲辞了职在家全心照顾她和父亲，她才从石慧家回到自己家里。

石慧和向然离婚后，就去了北京，连工作关系都调走了，也甚少和在西宁的夏夏联络，若不是上次回来参加西宁的学术研讨会，这么几年石慧更是没有回来过，夏夏一直参不透石慧在离开向然几年后为何要想到复婚，以石慧的条件什么样的男人找不到呢？

二十五

拉萨的夜晚，静谧中带着神秘，向然牵着易水的手，漫步在布达拉宫前的北京中路，"丫头，等……回到西宁，我们就去领证吧？"

"我都听你的呀。"易水娇羞地说。

向然停住，双手抚过易水的肩，深情地望着易水吐了两个字："老婆。"

易水的脸在路灯下泛起了害羞的红晕："不要这么叫啦！"

向然笑了，笑的温柔而好看，说："好，不叫就不叫，在我心里你就是我……"向然说着停住了，是的，在他心里他真的把易水当成了老婆。

"丫头……"正当向然刚要说什么的时候，向然的电话响了，他掏出手机，一看，没有接。

电话又不知疲倦地响了起来，向然略带尴尬地看了易水一眼，接起了电话："什么事？……是啊。你消息够灵通的啊？……能不闹了吗？……行了，别再闹了。"向然一直语气温和，却带着刻意的拒绝，挂了电话的他，看着易水说："我前妻的电话，她最近想着复婚，不知道从哪里知道我跟你求婚的事，所以打电话过来了……"

"哦。"易水的反应很漠然。

"丫头，这一段故事，你必须要听的，我不想对你隐瞒什么。包括我的过去。"向然急着想解释。

易水看着街上的人还有飞驰的车，说："向然，你想复婚吗？"

"丫头，你说呢？此时此刻，我的眼里、我的心里，只有你。"

"让过去的过去吧。我只在乎你说的'此时此刻'，所以你的过去并没有必要说给我听。"

"丫头……"

"回去吧。我有点冷。"

向然脱下自己的衣服披在了易水的身上……

向然和易水从北京中路回到酒店，易水开始觉得胃疼。

"丫头，你怎么了？怎么看着你没精神，脸色还不好啊？"向然给易水倒了一杯水关切地问。

"丫头，是不是因为石慧复婚的事，让你觉得心里不舒服了？"向然忙解释说："和石慧离婚有四年了，当初是她要离婚的……至于复婚，我从来没有想过。"向然说着抚过易水的肩膀，眼神真诚地看着易水，他说的是实话。

"向然，包里有药吗？给我拿点儿胃药吧。我……胃有点儿不舒服。"易水知道向然心里怎么想的，她真的不在乎向然的过去，也不想向然解释这么多，有些过去是一把利剑，回忆那样的过去，是拿把利剑在剐肉，她不想她的向然用那样的过去去伤自己，何况她真的胃很不舒服。

"怎么会胃疼呢？"向然开始变得紧张，"丫头，你喝口热水，我给你拿药。"向然说完，拿出应急箱找药。

向然急急地找了药，拿到易水跟前，心疼地说："张嘴，丫头。"

易水张嘴，向然把药放到易水的嘴里，易水喝了一口水。

向然接过易水手里的杯子放到了桌子上，把易水抱进了怀里，语气温柔地问："丫头，怎么会老觉得胃疼呢？明天我带你上医院好好检查一下，好不好？"

"没事的，我能忍，不是很痛，也不是经常痛，我……怕去医院。"易水在向然的怀里感受到的是迷人的温暖，还有向然身上一股易水特别喜欢的淡淡的味道。

"真拿你没办法。"向然刮了下易水的鼻头，易水躲了一下，笑了，其实易水胃很痛，痛到嘴唇都有点儿发白了，她是不想让向然担心，所以极力忍着。

"乖，早点儿睡。"向然哄着易水，让易水躺到了床上，抱进自己的怀里，并给她掖好被角，看着她安静地在自己的臂弯里进入梦乡。

向然的手机短信的提示音响起，他怕吵到易水，赶忙拿起手机，再看易水，只是皱皱眉，继续着梦境。

向然打开手机短信，是陈亮发来的："老大，睡了吗？我找你有事。这件事我必须现在跟你说……"

"我过去找你。"向然给陈亮回了短信，轻轻地吻了下易水的脸颊，抽出胳膊，去找陈亮。

陈亮的房间和向然与易水的房间是同一个楼层的，向然一进去便问："什么事啊？什么事非要这么急着说？"

"老大，你知道石慧为什么非要和你复婚吗？"

一听陈亮提到石慧，向然就没有了要听下去的耐心："不要再当石慧的说客了，这个话题从今往后不要再和我说了，当初是我做了对不起我和石慧婚姻的事，我也有真心悔过，是石慧坚持离婚，如今我找到真爱了，我和丫头要结婚了，石慧跳出来要复婚，那也得问问我的意思。"甚少抽烟的向然说着话点起了陈亮放在茶几上的烟，抽了一口，被呛得咳嗽了起来。

陈亮看着咳嗽的向然沉默了一会儿说："那你怎么就不想想石慧为什么非要和你复婚呢？"

"你还是我兄弟吗？亮子，这么多年了，我好不容易遇到丫头，你怎么就不站在我这边呢？我已经跟石慧说过多次了，复婚是不可能的。"向然说得很坚决，自从他再次遇到易水，他眼里和心里全是易水。复婚，他从来没有想过。

陈亮从沙发上站起来，双手插兜，从兜里掏出手机，打开一张照片，递到了向然的面前。

向然接过手机一看，问道："什么意思？这俩小孩是谁啊？还是双胞胎啊？"

"这对双胞胎是石慧的孩子。"陈亮一字一顿地说："孩子的父亲是你。"

向然瞬间惊愕，他惊得眼珠子都快掉到手机屏幕上了："什么？是我的？这……怎么可能？"

"不久前石慧才告诉我的，她和你离婚后，才发现有了你的孩子，因为她深爱你，不舍得拿掉孩子，所以发现自己怀孕后，她把工作关系都调到了北京，现在俩宝宝都快三岁了，要上幼儿园，她不想孩子没有爸爸，也不想给俩宝贝找个后爸，所以这也是她一直执着要复婚的原因，这也是我一直要做说客的原因，我们是好兄弟，不是吗？"

向然一直盯着手机里俩宝贝的照片，听着陈亮的话犹如天外的响雷，一向思维清晰的他此刻感到脑袋在发蒙，石慧居然给他生了一对双胞胎儿子，这是真的吗？他看向陈亮："你怎么不早点儿告诉我？"

"我是想早点儿告诉你，可是我一提到石慧，你都不愿意多说，容不得我张口……"

向然不说话，他在努力地平复着自己的情绪，半晌，才将手机还给陈亮，继而双手抹了抹脸，感觉思绪还是有点儿乱。他太明白石慧是一个不达目的不罢休的女人，当初自己和金静的事被石慧发现，石慧容不得自己的婚姻有污点，态度坚决地要求离婚。从知道向然出轨到离婚，石慧只用了三天的时间，不管向然如何的表态，她都毅然决然地离婚了，如今一对双胞胎儿子都长到三岁了，她要复婚就意味着势在必行。

"老大，其实一个女人带两个孩子，还要上班，真的很辛苦……"陈亮从侧面说着石慧的不容易。

向然又点燃了一根烟，沉默……

陈亮打开手机的那张照片，满眼喜爱地看着手机里的两个宝贝，嘴角微微上扬，说："老大，你看，这两个宝贝是多么的招人疼啊，真是可爱。"

"你让我安静一会儿！"向然凌厉地说。

这几天的易水沉浸在快要结婚的喜悦中，她开心地跟向然分享着她梦中婚礼的样子，勾勒着婚后美好的生活蓝图，还会眨着眼睛问向然想要一个男孩还是一个女孩？

拉萨的日落很美，向然牵着易水的手走在干净无尘的街上，满腹心事，看着易水在自己的身边，不再像以前那般忧郁，他暗暗地问自己要不要告诉易水，石慧给自己生了一对双胞胎的事。如果易水知道他有两个儿子了，会怎么样？会离开他吗？向然一想到易水会离开自己，不禁吸了一口气，他有多爱易水只有他自己清楚了。

白天上班的时候他给石慧打电话,问她为什么生了孩子一直不肯对他说,石慧在电话里一直沉默,这沉默让向然有一种愧疚,因为在石慧沉默的背后,他分明听到了两个小宝贝在喊着"爸爸"。宝贝俩隐隐的声音,似乎唤醒了他骨子里的父爱,他想见到那两个宝贝,亲亲他们,抱抱他们,给他们亏欠了三年的父爱……

"嗯?想什么呢?一直不说话?"易水眨着大眼睛,歪着脑袋,让人怜爱。

"丫头,我前妻她给我生……"向然想告诉易水关于俩孩子的事,话说到一半,易水的电话响了,易水掏出手机,接起来就说:"怎么了?夏夏。"

向然抬起手放到了嘴边,又把手放下来了,看着易水接电话:"啊?跟我哥闹矛盾了?我哥搬着东西去宿舍住了?"电话里的夏夏前言不搭后语地说了一大堆就收了线,易水看着向然说:"夏夏说和我哥吵架了,怎么会吵架了呢?"

"他们俩没事吧?"向然问。

"我哥虽然有点儿不善言辞,不会哄夏夏,但是我看得出来他很爱夏夏,应该不会有事的。"易水撇了撇嘴说,"你刚刚说你前妻什么?我不在乎你有过前妻,以后就不要老提了吧?"

向然想或者晚点儿告诉易水两个孩子的事也好。

又是一个无眠之夜。

向然把自己的胳膊从易水的身下轻轻地抽了出来,看着窗外的夜,很黑。

手机里屏幕在黑夜里发着亮光,两个小宝贝的照片被向然看了一遍又一遍,他那么喜欢孩子,这一刻,心都被两个孩子融化了。

复婚？为两个孩子复婚？有那么一刹那，向然的脑海里跳出了"复婚"二字，却见易水梦呓地翻了个身如婴儿一般甜蜜睡去，向然的心猛地就疼了。

可是面对两个孩子，他心里的愧疚岂是旁人所能理解的，孩子如今快要到三岁了，他却不知道这个世界上还有两个儿子，更不要说尽父亲的责任了。想到这些，向然的心里特别难受。

"向然，你怎么还没睡啊？"易水坐起来揉着眼睛问。

向然很快地从愧疚的情绪中脱身，坐到易水的身边，摸着易水的脸柔声问："丫头，怎么醒了呢？做梦了吗？"

"嗯，美梦。"

向然睡到了易水的身边，搂着易水问："什么美梦，说来听听。"

"很模糊的梦境，似乎是我穿着婚纱。"

"梦中的婚礼？"

易水不再说话，闭上眼睛，向然看着自己怀里的易水，轻轻的一个吻落在了易水的脸颊上。

"向然？"

"怎么了，丫头？"

"向然，我俩在拉萨待了快一个月了吧？我想回西宁了，白天的时候我哥给我打电话了，和夏夏说的一样，他俩真的闹矛盾了，晓萌的预产期也快要到了……"易水抬起头，看着向然说。

"丫头，真的要回去吗？可我这边还有许多的事情要处理呀。"

"没事，你忙你的，我先回去看看我哥，这些年一直是我和我哥相依为命的，今天我听他在电话里挺低落的，我很担心。"

向然了解易水，只要易水决定的事，任何人是说不动的，他只好说："好，那我忙完这边的事，就立马回西宁，你先去你哥那儿把户口簿拿上。"

"拿户口簿？"

"对呀。丫头，你答应了我的求婚的，等我忙完回去，是不是该领证，准备结婚的事啊？我要给你最梦幻的婚礼。"

"哦。"易水乖乖地答应。

"快睡。傻丫头。"向然捏了捏易水的脸蛋。

"不知道怎么回事，这几天总是睡不踏实。"易水说着把向然靠的更紧了。

"老大，复婚的事你考虑得怎么样了？"中午的时候，向然和陈亮一起吃饭，陈亮这话应该是替石慧问的。

"根本就没考虑过复婚，我现在全身心爱的人是易水，我却为了两个孩子跟石慧复婚，这对我、对易水、对石慧，甚至对两个孩子都是不公平的，一段婚姻不是靠感情维系，而是为了成全孩子，那这种婚姻是不道德的。"向然目光深邃地说。

"可是两个孩子不能没有父亲，况且石慧一个人带两个孩子，得多辛苦啊！"

"孩子不是没有父亲，我就是他们的父亲，就算不和石慧复婚，我也会爱他们、接受他们，给他们父爱……"

"你和易水说了孩子的事吗？"

"我本来要说，后来想还是晚点儿告诉她，丫头那么懂事善良，她会理解我的。"

"这么说你没有打算复婚？"

"我复婚了丫头怎么办？我不会做伤害丫头的事，我会跟石慧好好说清楚的。"

"我看你是忘了石慧是什么样的人了。"

"我清楚石慧的性子。"向然点起了一根烟。

"向然——"陈亮似乎又要说什么，向然的电话响了，他示意陈亮不要说话，接起电话，温柔地说："丫头，到了吗？……你哥来接你的啊？……那先回家，跟你哥好好聊聊。嗯，拜。"

"易水的电话？"陈亮问。

"是，她刚到西宁，亮子，这边的事情处理完，我就回西宁了，准备和丫头结婚的事，复婚的事不要再提了。别再做石慧的说客了，至于两个孩子，我会负责的。这几天我给石慧打电话，她不接，邮件也不回，短信更不回，希望她别做过激的事情。"

易山从火车站接了易水，送到了易水和向然住的家里。

"易水，怎么瘦了？脸色看着都不太好。"易山看着妹妹，心疼地说着。

"啊？脸色不好吗？可能是火车上没有休息好吧。哥，我去看过妈妈了。"易水很快转移了话题，她不想让哥担心，火车上又开始胃痛了，痛的她一夜没休息好。

"妈妈也打电话和我说了，妈妈很高兴你去看她，还说向然人不错。"

易水嘿嘿地笑着说："哥，我和向然准备结婚了。"

"好事啊。哥祝福你。我们家易水要嫁人啦。"易山说的有些伤感。

"哥，你别这个样子了，你不是一直希望我过得幸福吗？我和向然挺好的。"

"我知道。"

"哥，你和夏夏怎么回事啊？怎么闹矛盾了？夏夏跟我说你都搬到饭店的员工宿舍去住了。我很担心你们两个，所以先赶回来的。"

"我和夏夏的事不是一两句话能说清楚的，哥只是有些担心你。"

"担心我什么啊？"

"向然的前妻，也就是夏夏的表姐现在想着和向然复婚，她知道向然向你求婚的事。我怕她找你麻烦，怕你处理不好。"在易山的眼里，易水永远是孩子。

"我相信向然，他会处理好的，所以你就别担心了，哥。你和夏夏到底怎么回事啊？"易水的担心一直在心头。

"我和夏夏的事你就别操心了，你坐了一夜的火车，去躺会儿，哥去买菜，给你做顿好吃的。"易山不想回答，一提到夏夏，他的心就痛，就觉得失望。

这几天向然的手机每天都能收到石慧发来的彩信，两个儿子小时候刚刚出生的模样，一岁时候的照片，还有现在的模样，两个儿子可爱至极，向然看着儿子的照片，点滴的喜爱溢于言表。

正当向然盯着手机屏幕看着两个儿子的照片时，屏幕上突然显示"丫头来电"。

向然很快地接起问："丫头，想我了啊？"

"是呀？你有没有想我呀？我跟你汇报事情，我哥把户口簿给我送来了，等你回来我们就可以去领证啦。"易水欢快地说。

"嗯。你哥和夏夏没事吧？"向然居然只是"嗯"了一下，然后话题转到易山身上了。

"问了我哥，他也不说，我这会儿在出租车上，一会儿就见到夏夏了，我再问问她到底出什么事了。"易水不自主地跟向然说着自己身边的事，易水真的变了，变得全身心地都给了向然，以前她自己身边的人身边的事都不会跟他人说的，而如今却细数说与向然。

"好呀。丫头……"向然欲言又止。

"嗯。"易水答应说，"我知道你想我了。我也想你的。"

"我知道。"

"我快到了，要下车了。你早点儿回来啊。"

挂了电话，向然的心陷入了万般为难的境地。一边是自己心爱的丫头需要他的呵护，而一边又是可爱至极的两个儿子盼着完满的家。他该怎么办？

易水上到五楼的茶餐厅，远远就看到了夏夏和冉晓萌在说说笑笑，她迈着轻盈的脚步，走向他们。

"我来了。"易水快走到她们身边的时候，高兴地说。

"易水，你比原来更瘦了。"冉晓萌眼圈红红地说。

易水下意识地摸了摸自己的脸，关切地说："晓萌，你预产期快到了吧？怎么还跑出来了啊？多危险。"

"也就这几天该生了。杨光老早就在医院订了病房……"冉晓萌挺着大肚子说。

似乎几个女孩子在一起总有聊不完的话题，叽叽喳喳，欢声笑语的。唯有夏夏渐渐地有点儿心不在焉的样子。

"夏夏，你怎么了？刚刚还很高兴的样子。"敏感的易水察觉到了夏夏的变化。

夏夏将手里拿着的手机递到了易水面前，说："你哥要和我分手了……"

"啊？什么？"冉晓萌惊异地喊道。

易水拿过夏夏的手机，是易山刚发的一条信息："夏夏，我以为我们的爱足可以抵御一切的洪水猛兽，可是当我看到你因为没有怀孕而手舞足蹈时，我才发现我们的爱居然是这么的肤浅，这些天，我越来越觉得失望，想必你也失望，如果是这样，那么我等着你对我说'分手'……"

易水看完短信说："不是我哥要分手啊。对了短信里说的怀孕是怎么回事啊？"

夏夏接过易水手里的手机说："就是我跟你说过的我在候驾大姨妈的那次啊。我以为怀孕了，就跟你哥商量拿掉孩子，你哥不同意，后来大姨妈来了，我特别高心，易山却显得特别失落……他误会我，觉得我不爱他，不愿意给他生孩子。"夏夏词不达意地解释着。

冉晓萌仔细地听着夏夏的话，说："夏夏，这件事是你没有处理好，你永远无法想象孩子在男人心目中的位置，男人对孩子的爱是厚重的，厚重到不能用言语表达，你知道易山为什么生气吗？是因为你决定拿掉孩子，让他开始怀疑你对他的爱。"

"我是真的没有考虑到那么多，我可以跟易山解释的。"夏夏听了冉晓萌的话，似乎明白了易山为何离开她了。

"怪不得我哥伤心了呢，你真的因为没有怀我哥的孩子而手舞足蹈了吗？"易水扑闪着大眼睛，确定是否真的是这样。

"我可以跟你哥解释的，我不会说'分手'的。以后我给你哥生一堆孩子，让他们都追着你喊小姑。"夏夏倔强地说，此话一出，刚刚的乖戾氛围不见了，三个姑娘都笑了。

"易水，你怎么了？看着你脸色不好的样子，气色好像比原先差好多，在拉萨待了一个多月，莫不是高原氧气不够的缘故？"夏夏的没心没肺真是表现在任何地方啊。

易水极力忍着胃里的恶心说："我倒觉得我比原来胖点儿了，吃饭也比以前多了。"

"哈哈哈，易水，我还没问你呢。你还是以方便面为生的吗？"
夏夏笑着问。

"我们家向然做饭可好吃了，谁还吃方便面啊。"易水说完起身
去了卫生间，她觉得有点儿恶心，想吐。

易水从卫生间回来的时候，杨光来接冉晓萌了，易水先和杨光打
着招呼说："杨光，来接晓萌了啊？"

满眼柔光的杨光，看着脸色有点儿发白的易水说："易水，你是
哪里不舒服吗？"

"哦，没有的。"易水忙说。

"那我就先走了。"冉晓萌被杨光扶着离开了座位，走了。杨光
回了回头假装无意地瞥了一眼易水，每次见到易水，杨光心里总有一
种说不出口的感觉。

看着挺着大肚子的冉晓萌走远，夏夏追悔莫及地说："我多希望
上次不是大姨妈来迟了，而是真的怀孕了，那样易山就不会对我有那
么多误解了。"

"我哥是真爱你的，恋人之间有点误会，有点儿矛盾是正常的。
你好好跟我哥解释解释就好了。"易水说着想到了自己和向然，似乎
她和向然在一起，两人从来没有别扭过，一直都甜蜜，甜蜜再甜蜜。

二十六

陈亮站在窗前接着一个电话说："向然已经订了三天后回西宁的机票了……是，我听他说回去就要和易水领证了……什么？你明天早上的飞机回西宁？那两个孩子呢？……孩子也要带回西宁？……石慧，复婚不易，你觉得向然会答应吗？"

陈亮的话问完，对方说："我自有办法，你只管稳住向然就行。"说完挂了电话。

不用想，这个电话是石慧打给陈亮问向然什么时候回西宁的，她要比向然抢先几天到西宁，石慧，这个一心想复婚的女人，到底要干什么？

晚上的时候，向然在电话里终于哄睡着了易水，易水对他现在是越来越黏了。刚挂断易水的电话，他的手机又响了，石慧打的，向然没有迟疑地接起："石慧，我们是不是该好好谈……"向然的话还没有说完，向然就听到两个小家伙比拼似的在喊他："爸爸，爸爸。"

"思思，念念，你们好吗？"向然的声音一下子柔了下来。

"爸爸，我和弟弟想你了，你什么时候来看我和弟弟啊？"稚嫩的童声，声声有爱，这应该是思思的声音。两个儿子在电话的另一端争着喊爸爸，争着和他说话，向然的心里五味杂陈。

易水一夜没睡好，还没从梦里醒来的她接到了哥哥的电话："易水，哥要出去几天，和酒店采购部的同事一起去进一批食材，大概一个礼拜后回来，你要照顾好自己。"

易水揉着眼睛坐起来说："哥，也没听见你之前提起，夏夏说今天要去找你，你给夏夏打个电话也说一下出差的事啊。"

"易水，哥的事你就别操心了，自己好好照顾自己，出门多穿点儿衣服，天寒地冻的。"易山的嘱咐永远透着爱和贴心。

"我知道了，哥。你也小心点儿。"

挂了哥的电话，易水给夏夏发了微信语音消息："夏夏，我哥出差的事给你说了没？"

消息发过去一会儿，电话就响了："易水，你哥去出差了？什么时候走的？他去哪儿出差啊？什么时候回来啊？"电话一通，夏夏就一堆的问题。易水知道哥是真的生夏夏的气了，连出差都没有跟夏夏说。

"我哥说一个礼拜后就回来了……"易水回答。

"易水，你哥是真的生我的气了，我收到你的消息，就给他去了电话，他连我的电话都不接。"夏夏有点儿委屈地说。

"等我哥回来，你再去找他好好解释。"易水宽慰着。

"可能晓萌说的是对的，男人对孩子的重视真的超过了我们，我记得我对你哥说大姨妈来了，没有怀孕的时候，你哥当时就挺失望的，也许你哥从那个时候就开始怀疑我不爱他，不愿意给他生孩子呢。"夏夏剖析着。

"夏夏，你别自责了，等我哥回来，解释清楚就行了。我会帮你的。"易水善良地说。

"谢谢你，易水。"夏夏真诚地说，她忽然有一丝歉意，因为她将向然向易水求婚的事告诉了一直想和向然复婚的表姐石慧，她是在帮石慧吗？

易山在自己上班的酒店大厅等着采购部的同事一起出发。刚挂了打给易水的电话，他注意到了一个女人，绾着高高的发髻，戴着墨镜，妆容精致，穿着紫色的风衣，脚上踩着高跟鞋，拉着大大的行李箱，身后跟着两个可爱的小宝贝由一个阿姨模样的人照顾着。

和易山同行的采购部长不知道从哪里冒出来的，小声地说："哇！辣妈哦！"

"思思、念念走快点儿。"这个女人回头对身后的两个小宝贝说。

"的确是辣妈。"易山也说。

这个优雅尽显的女人就是石慧，易山怎么也不会想到这个和自己擦肩而过的女人正在一步一步逼近他的妹妹，更不会想到这个女人会给他的妹妹带来致命的伤害。

二十七

易水感觉最近的自己很嗜睡，早上总是起不来，挂完夏夏的电话，她又眯着了。一阵手机的短信铃声将她吵醒，她抓起手机一看，是一个陌生号码发来的一条彩信照片，照片里是两个很可爱的宝贝。

除了觉得照片里的两个双胞胎宝贝可爱之外，"发错人了"才是易水的第一感觉。她没有理会，既然已经醒了，就起床吃点儿东西，她一看时间临近中午，肚子是真饿了。

来到厨房，似乎没有什么能吃的东西，泡方便面？易水的脑海很久没有冒出泡方便面吃的念头了，原来人的习惯是会改变的，因为向然，她几乎忘了方便面曾带给她的安全感。

似乎有开门的声音，易水以为自己听错了，莫不是向然回来了。易水飞快地从厨房跑出来喊："向然，是你回来了吗？"

易水的话还没有喊完，却见一个约莫三十多岁、戴着墨镜、脸上妆容精致的女人已经开了家门走到了客厅中央。这个女人也看到了还没有换掉喜羊羊睡衣的易水，她的目光似乎是穿过了易水，甚至连打量都没有，径直走到沙发上脱掉了紫色的风衣落座，抬手摘掉墨镜，眼睛都不抬，一脸不屑和傲慢地问："你就是易水？"

易水自见到这个女人似乎气场全乱了，她被一阵无助包围，家里来了一个不速之客，自己开了家门还知道她的名字，她觉得很怕，但是依然装作镇定地说："我是易水，你是谁？"

"向然没有跟你提及过我吗？这就是向然的不对了。当然，没有关系，我可以告诉你我是谁，想必你已经收到了我发给你的照片，我是那对双胞胎孩子的妈妈，你想不想知道孩子的父亲是谁？不管你想不想知道，我都要告诉你，孩子的父亲是向然，似乎，你应该有答案了，知道我是谁了吗？"石慧说的一字一句刺着易水的心，她的脸上似乎有不易察觉的阴笑。

易水听石慧说的话，自己也坐到了一边的单人沙发上，听石慧说完，易水不露声色地说："你是夏夏的表姐石慧？"

"我是向然的前妻——石慧，不过我们马上要复婚了。你看我离开这个家四年多，向然都没有换门卡和钥匙，说明他一直在等我回来，既然我回来了，你就可以离开了。"石慧咄咄逼人地说。

石慧看易水弱弱地不说话，不理易水，起身走到阳台说："这些花是你养的吗？我不太喜欢我的家里有这些杂花野草，你离开的时候可以找人搬走，还有啊，那个大鱼缸，一进门就看着碍眼，易水，就算我不在家，你也不能这么糟蹋我的家啊？你看着满墙的照片，像什么样子。"石慧俨然一个女主人的姿态，而易水不过是借住在她家里的寄人篱下的灰姑娘一般，没有争辩，没有反抗。

"对了，你别一直不说话啊？你是不是不相信我和向然有一对双胞胎儿子啊？你是觉得我在骗你吗？"石慧反问。

是的，易水不相信向然已经是一对双胞胎儿子的父亲，如果向然有儿子，一定会告诉她的，易水就算不愿意向然提到他的前妻，但是他也有很多机会说他已经有儿子了，比如说去儿童福利院做义工的时候，比如说两人抢着给小黑鱼"黑米"取名字的时候，向然都可以和易水说两个儿子的事，向然为什么要欺瞒她呢？

石慧看易水一直不说话，便说："看来你真的是不相信，没关系，来听听这段录音。"石慧说着拿出了手机。

"思思，念念，你们好吗？"向然的声音，没错，是向然的声音，向然的声音易水不会听错。这声音飘进了易水的耳朵，让她发晕，让她心痛。

"爸爸，我和弟弟想你了，你什么时候来看我和弟弟啊？"

"思思，是你吗？你和弟弟有没有乖啊？"

易水强忍着眼里的泪，心里在默默地叩问向然："向然，你为什么要欺瞒我？为什么要一直欺瞒我？你的前妻跑来这里是不是也是你的主意？为什么不告诉我你已经有了两个儿子？"

石慧扭头问："怎么样？听得还清楚吗？向然特别爱这对宝贝的，几乎每天都会给宝贝打电话，他说他去出差了，等出差回来就会去看宝贝的。对了易水，你还记得向然上次去北京吗？就是去看两个宝贝的。我不知道他当时是怎么跟你说的。"

易水彻底心碎了，眼泪似乎止不住了，一言不发的她看着自己的眼泪滴滴落在喜羊羊的睡衣上。

石慧依然趾高气扬地说："不要哭啦！我和向然在一起多年，我都记不清有多少像你一样的小姑娘跑来找我，哭啊，闹啊，其实这都怪向然，多情又花心，多年改不掉，再说无知又浅薄的小姑娘多容易哄、多容易骗啊？骗上床，玩一玩，再给点儿钱哄一哄，新鲜劲一过，向然肯定是要丢弃的，就像丢弃一块用旧的抹布。除了对我，他是不会对别的女人动情的，也只有我能包容他的花心，所以你就不要哭给我看啦。你的眼泪在我眼里是没有价值的。"

听着石慧的话，易水觉得自己浑身在颤抖，脸色愈加发白的她，感觉浑身好冷。石慧的每一句话说出来都凝结在空气里成了困住她的冰窟窿，这冰窟窿里看不到向然的温暖，有的只是欺骗和隐瞒。

"向然肯定跟你说了要和你领证的，对吧？你相信了？他是不是还和你说了不会和我复婚？你也相信了？小丫头，你还小，男人的话不能信，那些话他都是随口一说，说给你听哄你高兴的。你看到的接触到的向然，只是一个表象的向然，专门骗你这样的小姑娘的。"石慧高高在上地说："我和向然上大学的时候就在一起，我还为他流过一次产，那个时候我们大学没毕业，只能把孩子拿掉，向然就对我特别特别愧疚，抱着流产后虚弱的我心疼的直流泪。大学毕业之后我们就结了婚。对了，你肯定不知道向然是个孤儿吧？除了我和他最好的兄弟陈亮之外没有人知道他是孤儿。"

什么？向然是孤儿？向然真的没有跟易水说过，易水想起她生日的那天向然说过他不知道自己的生日是哪天，当时易水还挺纳闷儿怎么会有人不知道自己生日的，原来向然是个孤儿。

"他一出生，就被遗弃在了福利院门口，向然是在福利院长大的，这些向然肯定没和你说过，不过向然之前老和我说他在福利院生活的情景。看来向然真的只是玩玩你，他的所有事情都瞒着你。"石慧双手抱怀，挑着眉看着易水说。

易水脑子是乱的，怪不得向然经常去福利院做义工，怪不得要给福利院捐款，易水一直以为向然做这些是因为他善良的本性，原来他是在福利院长大的孤儿。

石慧大概说得口渴了，喝了一口问易水："你喝水吗？要喝就自己倒。"

易水呆呆地摇头，她的心好痛，眼泪流的模糊了双眼，她的胸腔似乎不能喘气，憋的心狠狠的痛，她在心里问向然："这都是真的吗？是真的吗？"

石慧放下杯子接着说："你是不是有一个疑问，会疑惑我和向然为何会离婚？对吗？"石慧似乎真的会读心，就算易水不说话，她都能猜到易水心里想的。石慧自顾自地说："为了惩罚向然的寻花问柳，我赌气和他离了婚，我知道就算向然找几千个女人，他的心还是在我的身上，其实你一点儿都不知道向然的花心滥情，他在每一个女人面前都表现的专情不已，可只有对我是真心的，这一点从他和我结婚就可以看得出来。我是离婚后才发现怀了我们的孩子，所以我生下来了，向然知道我给他生了孩子之后，苦苦求我复婚，我一直没有答应。向然找你只是为了刺激我和他复婚，你知道向然为什么要和我复婚吗？除了他心里只有我之外，还有一个原因，就是因为他在福利院长大，没有享受过家庭的温暖以及父爱母爱，所以他说他要给他的儿子家庭的温暖还有他的父爱。你听明白了吗？小姑娘。"

原来向然找易水只是为了刺激他的前妻跟他复婚，复婚了好给他的两个儿子完满的家庭和厚重的父爱？易水的心碎了，碎成一滴一片，再也拼接不全了。

"你不了解我和向然的感情，我们既是爱人，又是亲人。"石慧顿了一下说，"怎么，还在哭吗？不要再哭给我看了！向然后天就到了，你赶紧离开我们的家，不要再住在这儿了，我想向然回来看到我和孩子在家会比看到你在家装可怜更让他高兴的。我今天跟你说这些，完全是看在你是夏夏朋友的份儿上，换了别人，我才不会如此费口舌。"

易水眯着眼睛，似乎看到了向然温暖的微笑，似乎听到了向然在她爸爸的墓前说："我一定会好好疼丫头的，我会好好保护她，不会让她受到一丝伤害的，有一天，我会给她披上洁白的婚纱。"同样的话，在她带向然去看妈妈时，也亲口承诺过，向然怎么会舍得骗她？他那么爱她，怎么会骗她？易水轻拭着眼角的泪，她明白了，她全明白了，她缓缓地站起来，扬起头，毫无温度的眼神看着傲慢的石慧说："谢谢你跟我费了这么多口舌，想必也是白费了。"易水的语调不高，却冰得吓人。

"你……你什么意思？"石慧没有想到看似柔弱的易水会在眨眼间变得刚硬起来，她以为她的话足以让这个女孩的心理防线全线崩溃了呢。听到易水的反驳，竟一时结舌了。

"你不懂我什么意思，我倒是很懂你什么意思。你以为你说什么我都信是吧？你以为你说的都是事实是吗？亏你还是大学讲师，居然满口谎言，让人不齿。"易水成功地反驳着。自石慧进到屋里，低气压一直笼罩着她，没想到自己也会爆发。她知道爱一个人就得相信他，她相信向然是爱她的。

易水的话激怒了石慧，她脸上阴云密布，嘴唇一张一合，半天没有话说。

"被我说穿了？请你赶紧离开，放心，我不会告诉向然你找过我。"易水的面容冷得吓人，她受尽了石慧进屋后字字句句里透出的轻蔑和侮辱。不过她还是注意自己说话的语气，毕竟这是向然的前妻，怎么说也有三分薄面在。易水感觉到自己有点儿头晕，可能是时值中午没有吃饭稍有点儿低血糖，或者是刚刚的低气压下的紧张所致。

石慧彻底地变得愤怒，没有一个人说话曾让她这般无地自容过："哈哈哈，你给向然打电话，你告诉他我找过你又怎么样？我来找你就是他指使的，他让我来告诉你，他玩腻了，豆芽菜般发育不全的身体似乎也没有什么好玩的，来，拿起你的手机给向然打电话，你看他还接不接你的电话？"

"豆芽菜般发育不全的身体似乎也没有什么好玩的。"石慧说话真的好毒，毒到碰触了易水敏感的神经，她拿起自己的手机，熟练地拨通了向然的电话，两个女人安静地听着向然电话里的彩铃"老爸，老爸，我们去哪里呀？有你在就天不怕地不怕……"，易水以前听觉得特别有爱，如今面前坐着石慧，她觉得这首歌在剜她的肉。"对不起，你所拨打的电话暂时无人接听。"优美的音乐被毫无感情的机器声所代替，向然居然没有接？

"要不再打一遍试试？"石慧喝了一口水，斜眼挑衅地说。

倔强的易水又拨了向然的电话，还是没有人接。

"不再打了？"石慧又把气势扳回去了。

易水手里握着自己的手机，将石慧的挑衅看在了眼里，她在心里说："向然，你说你不会让我受到一丝伤害，如今你的前妻这般凌辱我，你看到了吗？"

"怎么样？我说得不假吧？向然真的很烦你了，成天一副弱不禁风、多愁善感林黛玉的样子，你演给谁看呢？又是装给谁看的呢？我说了，既然我答应了向然苦苦所求的复婚回到了西宁，那你就应该知趣地离开，女孩子还是要点儿脸皮的好，向然都厌烦地不接你的电话了，你还赖在我们的家干嘛？对了，你走的时候带走你的花花草草和花鸟鱼虫，我不喜欢，向然就更不喜欢了。"石慧继续趾高气扬地说。

易水颓然地坐到了沙发上，手里捏着手机，的确，从今天早上醒来到现在，向然没有电话，没有短信，没有微信和QQ消息，自她和向然在一起向然从来没有这样过，难道真的是向然让石慧来的吗？向然真的厌烦她了吗？为什么昨夜他还温柔地哄着她入睡，说着甜蜜暖心的话呢？"向然，她说的都是真的吗？"易水对向然的信任再一次破灭。

"好了，该说的我都说了，我先走了。你把属于你的东西收拾下离开吧！"石慧说着拿起自己的风衣，踩着高跟鞋，"得得得"，往门口走去。

走到鱼缸的位置，她停住了，转身对易水说："我忘了，向然让我跟你说，让你把门卡和钥匙拿给我。向然厌烦你到连电话都不接了，你还赖着他做什么？想要钱吗？说个数，我给你。"

这句话石慧的音调不高，却重重地、直直地透过易水的心脏，本来已经破碎的心，再听到这句话的时候已经痛的没有感觉了，易水犹如寄人篱下的灰姑娘，自尊被人践踏得体无完肤。

易水揣着满心的伤说："我没有要赖着他，我也不稀罕你的钱，就算我要离开也是向然让我离开，而不是你说什么，我就要听什么。"易水说着眼泪就掉了下来，她浑身抖着，整个人都开始支离破碎了。她快熬不住了，她快撑不住了。

弱不禁风而又极度倔强，独具分析能力的易水彻底激怒了傲慢的石慧，她怒目斜视地说："给脸不要脸的小贱人，一脸的狐媚相。"此话一出，她将手边的鱼缸，奋力一推，鱼缸倒了，玻璃碎了一地，水从门口漫到了易水的脚下，石慧看着慌了神的易水，声音尖利刺耳地说："你最好马上收拾你的破烂东西滚蛋，滚——蛋。别他妈油盐不进，别给我摆一副死猪不怕开水烫的样子。"说完狠狠地拉开门，门重重地撞到了墙上，石慧连门都没有关，回头剜了一眼易水，大步跨了出去。如果说石慧一直是以知性优雅的大学讲师示人的话，那么此刻的她与没有教养、不懂礼数的泼妇并无二致。

易水心疼心碎地看着满地乱蹦的鱼，最显眼的是小黑米，嘴一张一合，无助而慌乱地和其他的小鱼一起拍打着地面上的水，做着垂死的挣扎，易水还没有从眼前慌乱的一幕回神。她无望地看着一地乱蹦的鱼，那些可都是她的至爱，而脚下传来阵阵凉水的冷，石慧最后几句尖利的话她没有听进去，只有重重的摔门声让她战栗，随着那一声摔门声的远去，易水眼前一黑晕倒在满地的冷水中，嘴里似乎喊着："黑米……黑米……"

易水的电话响了好久都没有人接听，她窝在一地的凉水上，乌黑的长发盖住了她发白的脸，发梢上挂着她费心救活的小黑米，此刻已不再蹦跶，满地都是不再蹦跶的小鱼，寂静地陪着易水，似乎用它们的寂静诉说着易水的伤，隐隐有血迹从易水的身上渗出，染红了地板……

二十八

　　两天后，在机场，夏夏很不自然地说：“向总，你终于回来了。”

　　“夏夏，这两天易水的电话怎么总是没有人接？为什么连你说话都是支支吾吾的？”这两天向然给易水发了很多消息都没有回复，打了无数个电话没有人接听，到后来直接关机了。心急如焚的他将电话打给夏夏，听到的也不过是夏夏支支吾吾的搪塞。

　　“向总，易水她住院了，还在昏迷……”夏夏转过头看着向然说。

　　向然一听到易水住院，神经瞬间绷紧了，紧张地问道：“怎么会住院？易水到底怎么了？”向然的话还没问完，就已经感觉到他的心如被重锤击过一般的疼。

　　“大夫说……”夏夏又开始吞吞吐吐了。

　　“到底怎么了？说！”向然的着急已经到了极限，他大声地命令着。

　　“易水怀孕八周出现了先兆流产的症状，孩子……没了。”夏夏说得很艰难。

　　“丫头现在怎么样？醒了吗？醒了没有？丫头有没有事？”原来紧张一个人是这样的，一向心思缜密的向然在易水的事情上阵脚永远是乱的。怀孕？流产？向然心底重重的疼了起来，似乎有一股气堵在胸腔里，连呼吸都带着疼，他的眼睛开始红了。他真的是疏忽大意了，连易水怀孕都没有察觉到。

"我不知道，我来机场前去过医院，易水还没有醒。"夏夏从来没见过这样子的向然，眼睛发红，脸上的表情痛苦地扭曲着，让她看着有点儿害怕。

自易水住院后，不知道这是杨光第几次来到医院，他悄悄地从房门的玻璃上看着闭着眼睛还在昏迷的易水，推门而入，来到易水的床前。

杨光无声地坐到了易水的床边，心里想着："如果时光能退回到大学时代，我一定紧抓着你的手不放，哪怕我走不进你的心，也不会给你这样的伤……"有一种恨在他心里滋生繁衍。

夏夏的车子终于拐进医院了，向然是在拉开车门的一瞬间从车上跳下来的。几乎是冲进病房的向然推开房门看到了面无血色的易水……

"宝贝。"向然轻轻地喊着易水，缓缓地走向易水的床边，这是他第一次这么亲昵地叫易水……丫头几天前还活蹦乱跳的而此刻却毫无知觉地躺在病床上，他的心头似乎有尖刀在刺。

"宝贝。"向然的声音几近哽咽，他将易水紧紧地抱在怀里，一直昏迷的易水居然缓缓睁眼，气若游丝地说："向然，是你吗？"

"宝贝，我回来了。宝贝，是我不好，是我没有照顾好你。"向然伤心地说。

易水打量着病房里的陈设，问道："这是在哪里？向然，我这是怎么了？"

向然痛苦地说："宝贝，你听着，我们还会有孩子的。"

"还会有孩子？"易水不知道自己昏迷的时候已经做了清宫手术，

更不知道自己怀了向然的孩子，而她知道时孩子已经不在了。

"是的，还会有孩子的。宝贝，别太伤心了，是我不好。是我没有保护好你，我们还会有孩子的。"向然心疼到语无伦次。

听到向然说到孩子，似乎有一道闸门瞬间打开，如一幕电影般在易水的眼前无情地放映，闭着眼睛的易水看到了趾高气扬的石慧双手环抱，带着轻蔑、嘲笑、讽刺、挖苦的表情，声音尖利地说着："我是那对双胞胎孩子的妈妈，你想不想知道孩子的父亲是谁？不管你想不想知道，我都要告诉你，孩子的父亲是向然。"

"我来找你就是他让我来的，他让我来告诉你，他玩腻了，豆芽菜般发育不全的身体似乎也没有什么好玩的。"

"哈哈哈，你知道向然是孤儿吗？向然肯定没有告诉你。"

……

易水蜷缩成一团开始瑟瑟发抖，泪水不可控制地湿了脸庞，脑子里乱作一团的易水捂着耳朵战栗着说："我不要听，我不要听，我不想听……"

"怎么了？宝贝，你怎么了？"向然抱着易水心疼而诧异地问。

易水想从向然的怀里挣脱，易水越挣扎，向然就抱得越紧，易水挣不开这个曾让她觉得温暖的怀抱，她流着泪哽咽地对向然说："你走，你走——"易水的声音里有太多的绝望，她刚从昏迷中醒来，她需要时间来理清思绪。

向然的眼睛红了。自他和易水在一起，易水从未这般绝望过，没有这般决绝过，她终于挣脱了向然的怀抱，猛地扯了一把被子，盖住了头，捂住了耳朵。冰冷的声音伴着绝望的哭泣声从被子里传出："你走吧。你快走——"

向然的心似乎被榨汁机绞着，他默默地走出了易水的病房，心痛地靠在了走廊的墙上，他不知道发生了什么，他的丫头不要他了，"丫头，就算我们的孩子没有了，难道你连我也不要了吗？"

石慧只身出现在机场候机。戴着墨镜的她一脸的沉着，掏出手机，熟练地找出一个号码，拨了过去。

"我要回北京了。"电话一通，石慧朱唇轻启，皱了皱眉头说。

"向然才回去，你看到他了吗？"陈亮的声音，显得无比关切。

"我没见到他，不过我把思思和念念留在西宁了，他会见到的。"石慧冷静地说。

"石慧，你怎么这么做呢？拿孩子要挟？我不知道那天你为什么让我拿走向总的手机？向总后来看易水打给他的电话没有接到，还骂我了呢。"陈亮恍然大悟地说，"你来西宁是找易水去了吗？你对她怎么了？她一直不接向然的电话，向然都急疯了。"

"我知道了。谢谢你的帮忙。"石慧胸有成竹地挂了电话，她这两天观察着向然的房子，没看到易水身影，她以为易水已经离开了，她满有把握地登机了，似乎有算盘珠子被打得噼里啪啦响，她等着向然求她去复婚，她以为易水已经被她赶走了，而向然看到一对儿子后，肯定会求她复婚的。

"西宁，我马上就要重新回来了。"石慧的飞机离开了西宁，她似乎看到了和向然带着一对儿子，一家四口快乐幸福地生活。

易水默默地流泪。她不知道她的身体里何时有过一个孩子，当她知道时这个孩子已经不在了，那种心痛好像要把她剥蚀了一般，心痛伴着悄无声息的眼泪，她的身体随着情绪的波动而抽动。

向然一直无声地透过病房门上的玻璃看着正在抽泣的易水，他的心在滴血，脸上却努力保持着镇定的表情问夏夏："丫头到底怎么了？到底发生了什么事情？就算我们的孩子没有了，那她连我也不要了吗？"

向然看夏夏不说话，试图推开房门进去，他真的看不得易水压着哭声痛苦地抽泣，他的心已经碎了。

夏夏眼疾手快，拉住向然说："向然，你冷静一点儿。那天我和杨光赶到你家的时候，易水已经晕倒在客厅里了。你想一想你们之间有没有什么矛盾或者摩擦？"

"我和丫头怎么会有矛盾呢？"向然觉得夏夏的问题简直幼稚。

"那为什么易水不愿意见到你呢？看到你情绪还那么波动？"夏夏看着眼圈发红的向然说。

"会不会是前天我手机被陈亮拿走了，丫头刚好打电话来，我没接到，她生气了？"向然猜测着。

"不会的。易水不是一个小气的人。"夏夏否定。猛然间她似乎明白了易水的反应。会不会是她表姐来找过易水了？跟易水说过什么话刺激到敏感的易水了？夏夏一直的担心终于变成了现实，她无力地坐到了长廊的椅子上，如果她没有告诉石慧向然向易水求婚的事，会不会易水就不会伤得这么深、这么重了呢？夏夏陷入了深深的自责里。

好长一段时间后，易水渐渐趋于平静。她轻轻地抽泣着，带着泪痕睡着了。

"向然，易水睡着了。你先回去吧。先让易水静一静。"夏夏对向然说，她能看得出来向然的痛苦，看得出来向然对易水的重视和在乎。

"不行。就算丫头不见我，我也要在外面陪着她。"向然执着地说。

"要不你回去给易水做点儿饭带过来吧，她自醒来还滴水未进呢。"夏夏用商量的口吻说着。

"好。我去给丫头做饭。"向然说着就走了。他要他的丫头快点儿好起来。

这个下午，杨光一直坐在医院住院部的楼下，满脑子都是易水苍白的脸，和顺着裤腿而下的红色血迹，那天夏夏给他打电话，他见到易水的第一眼就被吓到了，他以为易水要死了……

"向然，你这个王八蛋。"杨光心里狠狠地骂着。忽然他眼角瞥见一个身影，正往医院停车场走去。

杨光"嚯"地从椅子上站起来，他喘着粗气大步跟在那个身影后面，眼神凌厉，怒气冲天。

"啪"一记重拳重重地落在向然的嘴角。向然一个趔趄靠在了旁边的车上，杨光怒目圆睁地吼道："向然，你这个王八蛋！你这个禽兽！"说着又是一记重拳，又是一记重拳。

"杨光，你疯了？"向然擦拭着嘴角的血迹，他没有余力跟杨光打斗。

"对。我疯了！"杨光说着又是一记重拳稳稳地落在向然的脸上，向然英俊的脸庞在短短的几秒内被杨光的拳头打得面目全非。

向然自下了飞机，就一直是蒙的，他不知道发生了什么。他忍着痛，喘着气问："杨光，你打够了吗？"

"我没打够。"杨光是吼着说的，不知道是打了第几拳，又一记拳头落在向然的嘴角，杨光看着表情扭曲的向然说："你是怎样保护易水的？你就是这么伤害易水的吗？易水差点儿死掉，向然，你差点儿害死易水。易水怀孕了你不知道吗？你还让她一个人待在家里，你不知道陪着她吗？作为一个男人，你不知道该怎么保护女孩吗？易水她……她有可能再也做不了妈妈，你知道吗？我打死你这个王八蛋。"

易水如女神一般在杨光的心里，他看不得易水受伤……易水的手术单上是杨光签的字，医生明明白白地告诉杨光：病人以后怀孕的概率会很小。杨光听到医生的这句话，似乎被闪电劈过一般，腿软到瘫坐在地上。对向然的恨，也就在那一刻发芽。

向然吐着嘴里的血水，头脑里有几个字在不断地放大——"她几乎没有再怀孕的可能了！"心痛和自责同时袭来时，向然觉得连呼吸都是一件很困难的事，他真的不知道易水已经怀孕了，要是知道易水怀孕了，说什么他也不会让易水一个人回到西宁的。这一切都怪自己，是他疏忽了！看着杨光愤愤地离开，向然捏着拳头重重地砸在汽车的引擎盖上，嘴里骂着："向然，你就是个禽兽！"

向然坐在驾驶位上，扳过内视镜，看到镜中的自己眼窝还有脸颊青紫泛着红肿，嘴角还有没擦干净的血丝。他嘲讽地笑了笑，自己从来没有这么狼狈过吧。不过他根本感觉不到身体的一丝痛楚，因为所有的痛楚都在心里。是他没有照顾好他的丫头。自责、内疚堆在他的心头。是的，自己的确是禽兽。大学时因为和陈亮的一句话，他只用了三天时间便拿下了石慧，或者是石慧对他一见倾心，两人迅速坠入爱河……为此，他还赢了陈亮一顿大餐。不久，石慧怀孕，自己还跟陈亮拿钱带石慧做了流产手术。石慧找易水说的话不全是假话，她说自己当时抱着她哭是真的，一毕业自己就和她结婚也是真的。或者当时是因为对石慧的流产而愧疚，自己给了她婚姻。婚后的他猎艳无数，不过因为保密工作做得很好，而平时也对石慧关怀备至，在很长一段时间内，他们的婚姻生活波澜不惊。

直到这样的平静被一个陌生的电话号码打破。

那天，石慧的手机收到了一条短信：想知道你的老公此刻在做什么吗？那就请你到田禾酒店 1805 号房间。

石慧怀着惊疑去了，看到了她不想看到的一切。

和所有的捉奸情景不一样的是，石慧看着向然和金静只是轻蔑地"哼"了一声，没有哭，没有闹，更没有揪着奸夫淫妇打，而是冷眼转头就走。

只用了三天的时间，石慧就和向然办了离婚手续，自此彻底地消失在了向然的生活里。

他又狠狠地扇了自己一记耳光。如果他不是寻花问柳的主，石慧也不会和他离婚，或者他就不会注意到易水，那么易水就不会为她怀孕而流产。杨光说得对，你向然就他妈是个禽兽，或者连禽兽都不如。

向然一路回想着过去荒唐的种种，开车回了家。

打开门的瞬间，向然的心被某种东西抽着痛。门口是破碎的鱼缸，还有玻璃渣子，四散的小鱼贴着地板散发着难闻的腥臭，地板上俨然可见红色的血迹，他想不到那天发生了什么？眼前凌乱不堪的情景，刺痛了他的眼。他迈过一条条小鱼，来到客厅，眼睛瞥见了茶几上的一个茶杯，还有半杯水，谁来过？易水在家喝水都是用一个玫红的保温杯和一个小瓷杯，这个茶杯是谁喝过的？

他一边收拾着地上的残局，脑海里想着茶几上的半杯水，到底谁来了？向然看着破碎的鱼缸，犹如看着破碎的易水，他的心怎么能不痛？他小心翼翼地护着易水，却没想到易水因为流产住进了医院，都怪他没有照顾好易水，深深的自责在无限的延续。

一阵门铃声响起，向然揉了揉红肿的脸颊，去开门。

"爸爸！爸爸！"门一开，两个可爱的小家伙跳进来冲着向然喊爸爸，熟悉而亲切。

"思思？念念？你们怎么来了？"这是向然第一次见到两个儿子，心瞬间变暖，这两个宝贝实在太可爱了。

"你好，向先生。我是照顾思思和念念的阿姨，你叫我小严就行。"一个三十岁左右，梳着马尾的女人，手里提着两大包东西，疑惑地看着满脸伤的向然说。

向然俯身将两个孩子抱在怀里挨个亲了亲，问小严："你带孩子来这里是——"

"是石慧姐让我带思思和念念来找你的。"小严恭敬地说。

石慧？是石慧找过易水了？茶几上的半杯水是石慧喝的？一刹那闪过的念头让向然的心猛烈地哆嗦。他看着收拾着两个大包的小严问："小严，石慧呢？"

"石慧姐在北京啊。"小严简单地回答。

石慧在北京？向然又看了一眼那个水杯问小严："她什么时候回北京的啊？"

"今天上午的飞机，她让我下午的时候带思思和念念来找你。"小严回答完了向然的问题，归置着两个孩子的衣服和玩具，问："向先生，思思和念念的衣服我放哪个房间？"

家里一下子来了两个小家伙，似乎打乱了向然的节奏，不过他依然平静地说："小严，麻烦你放到楼上左手边的第一间。"

"好的。"小严说完提着东西上楼了。

石慧今天上午的飞机回的北京，真的是石慧找过易水了？怪不得易水不愿意见他，怪不得易水要用虚弱的身体推开他。石慧到底跟易水说了什么？易水流产会不会和石慧有关系？向然脑子飞速旋转着，他压着心中无可发泄的火想问问石慧到底对易水做了什么？他掏出手机，来到了阳台上。

电话只响了一声就被接起，一个优雅的声音传过来："见到两个儿子了吗？"没有陌生，没有隔阂，简单的几个字，似乎有四两拨千斤的魔力，听到"儿子"两个字，向然回头看了两个儿子，顿时心头一暖。

"见到了。"向然迟疑了一下问："你前天来家里了？"

"是啊。我看钥匙和门卡都还能用，所以就到家里了。对了，我见到易水了。"石慧的语气里透着轻松。

向然心里猛地一沉，问："你对易水说什么了？"

"我说了什么似乎不重要，我要的结果是复婚，向然，两个儿子此刻就在你身边，你忍心让他们没有父亲吗？嗯？"电话里的石慧语气温柔如水。

"石慧，两码事，这根本就是两码事，有些事情是回不去的，就算回到当初，我和你结婚也只是出于对你的愧疚，而根本不是为了爱才跟你结婚的。"向然后悔有些话没有早早说出口，但愿现在说出来并没有太晚。

"愧疚？因为那个拿掉的孩子？所以你给了我婚姻？"石慧一字一句地问。

"是，或者当初我并没有你想象中的那么爱你。直到我遇到了易水，我才知道真正的爱是什么样的。"

"你遇到易水才知道什么是真正的爱，而我在十几年前遇到你的时候就已经知道了什么是爱，向然，思思和念念是你的亲骨肉，他们需要一个完整的家，当初我和你离婚，也是一时赌气，一时逞能，离婚后我才知道自己怀孕了，我毅然决然地选择生下来，为的就是有一天能和孩子一起回到你的身边。"

"石慧，复婚是不可能的。"

二十九

一觉醒来，夜幕已经降临。易水觉得眼睛肿得难受，吐气时觉得胸腔里憋得难受，她撑着胳膊，费力地坐起，脑袋一阵发晕。小腹那里一直隐隐作痛，而这痛远不及心里的痛。

易水眼神空空地望着天花板，眼角的泪就落到了枕头上。她相信向然是爱她的，唯有她自己知道向然是多么的爱自己，可是石慧带着两个儿子来和向然复婚，而她和向然的孩子已经不在了，易水的眼泪无声地湿了半个枕头……她哭累了就在迷糊中睡着，睡醒了又开始无声地哭。

向然提着做好的饭轻轻地推开病房门，看到易水背对着门的方向躺着，他坐在床边，看着眉头紧缩、双目紧闭、脸色苍白，甚至连嘴唇都没有血色的易水，轻轻地抓起了她冰凉的手，握在手心。易水的指尖传来了他熟悉的温暖。

易水睁开眼，看到了眼窝发青、脸颊红肿、满脸是伤的向然，心猛然一紧。但随之而来的是由不得自己的"痛并愤怒着"。易水用力地抽着自己的手，却被向然握得更紧。

"丫头。"这两个字里有恳求，有乞求，有歉意，有愧疚，有心疼。向然握着易水的手，又叫了一声："丫头。"

易水没有力气再抽回自己的手，她知道就算抽开了自己的手，也断不了曾付出的情丝。

向然怜惜而心疼地说："丫头，对不起。"简简单单的五个字就已经让她的心软了下来。

有泪滴落在枕头上，是易水的，向然曾对易水说："丫头，不要让我看到你的泪，你的泪会痛了我的心。"如今易水的泪滴滴落在他的心头，不只是灼痛了他，而是在剜他心头的肉。他温暖厚实的手掌，抚过易水的脸，擦着易水脸上流不尽的泪。她痛，他也痛。

"吃饭，好吗？"

易水点头。

向然动作轻柔地将易水扶起，在背后给她放了枕头，架起床上的临时餐桌，摆了饭，一口一口给易水喂着。

饭喂到一半的时候，向然的手机响起，一个陌生的号码，易水示意他接，他放下手里的勺子，按了接听键，他还没说话，就听到电话那边两个小宝宝的哭喊："爸爸……爸爸……"

"喂……"向然不知道当着易水的面儿怎么接这个电话。

"向先生，你快回来吧。两个宝宝可能不太适应新的环境……"小严的声音似乎压不住两个小家伙的哭喊声。

"好的，我马上回来。"

挂了电话，向然将电话握在手心里，他不知道该怎么解释："丫头，这个电话是……"

"向然，你回去吧。我这儿有夏夏，我哥明天也回来了。"向然看得出来，易水是挤着笑和他说的。

他知道石慧找易水肯定和她说了两个孩子的事，他拆了床上的餐桌，扶着易水躺到床上。易水看到向然的眼睛里有两个大大的自己，说："向然，我相信我的爱没有错付。"

"丫头，那两个孩子是……"

"回去陪孩子吧。"易水说这话的时候，压着自己心底的伤，她的孩子永远没有了。

人，永远是矛盾的载体，在各种选择之间纠结和心痛着，向然也是，在陪两个年幼的儿子和陪病床上的易水之间，他艰难地选择了前者。

向然以沉重的脚步走到门口，拉开病房的门，回头看了一眼易水，易水对他浅浅一笑，他关上门走了。

夏夏来了。她看见易水蒙着头、蜷缩在被子底下轻轻啜泣，一把掀开说："易水，身体是自己的，你现在是在坐小月子，老这么哭，对身体不好。别哭了，好吗？很多事情慢慢会过去的，而孩子终归还会有的。"

易水不想告诉任何人向然的前妻找过她，也不想去证实和追究石慧对她说的话是真是假，有一个决定，已经在她的心里。

"夏夏，向然家放着我的相机和电脑，你明天帮我取一趟。"

向然到家看到两个儿子哭得鼻涕都冒泡了，任他怎么哄，两个儿子都哭喊着要找妈妈。向然无奈拨通了石慧的电话，两个儿子听到石慧的声音，开始变得安静，石慧温柔地哄着两个儿子，给两个儿子讲着故事……两个孩子终于睡着了。

向然给两个儿子盖好了被子，对电话那头的石慧说："孩子们都睡了。"

"不早了，你也早点儿睡吧。"顿了一下，石慧继续说，"我过几天就回来。"

"知道了。"向然挂断了电话。他坐到床边的沙发上，看着两个熟睡的儿子不时地嘟嘟嘴，他仔细地端详，心头泛起浓浓的父爱。但是他的心头，更有一种牵挂，对易水的牵挂。

他起身亲了亲两个儿子，关了灯，出了儿子的房间。

"小严，我有事要出门一趟，麻烦你看好两个孩子。"

半梦半醒的易水似乎又听到了石慧尖利的声音，她身子蜷缩成一团，捂着耳朵大叫着："啊——我不要听不要听。不要说了，啊——"

"你怎么了？易水，怎么了？"夏夏开了灯问。

一个身影开了病房门，扑了进来紧张地问："丫头，是不是做噩梦了？丫头，我在，我在。"

"向然，你怎么来了？"夏夏诧异地问。

向然的视线和注意力全在易水的身上，似乎无暇顾及夏夏的问题，他抚慰着战栗的易水，温柔地说："别害怕，有我在。丫头，有我在。"

向然的出现，让易水心里安稳了很多，她掀开被窝，伸出手，握住了向然的手，向然顺势坐到易水的床边，说："乖，好好休息，我陪着你。"

"向然？"

"嗯？"

"我没事。"

"我知道。"

两个相爱的人，压着各自心里的痛，简单的对话，却有泪从各自的眼里流出。

"丫头。"

"嗯？"

"你答应我了，什么时候去跟我领证呀？我想娶你，谁都阻止不了的。"向然用深邃的眼神带着柔柔的光看着易水，用手拂去了易水眼角的泪。

易水平复了一下自己的情绪，吐了一口气说："明天。"

"傻瓜，明天医生都不让你出院。"向然捏了捏易水的脸蛋。

易水笑了，她知道向然爱她，她从向然看她的眼神里就知道向然有多爱她，听了石慧的话，有那么一瞬间她怀疑过向然对她的爱，而此刻，她坚信自己的感觉，她明白向然是真的爱她，她知足了。

一阵突兀的电话声又响起，向然扶着易水躺回到床上，他拿起电话，是小严的，他摁了接听键，在小严着急慌乱的声音下是两个儿子的哭闹声。

"向然，回去吧。"易水看着向然眉眼之间露出的焦急，善解人意地说。

"两个孩子不太适应新的环境，半夜醒来又开始闹了。"向然握着手机，多余的解释。

易水伸出双手，拉住向然的手说："向然，我会一直一直爱着你的，不管何时，不管何地，我都爱着你。"易水说着似乎又有眼泪要出来了。她吸了口气接着说："我这儿有夏夏陪着呢。再说我也没事，去陪孩子吧。孩子比我更需要你。"

谁也不能感同身受，易水说出这句话时心底承受着怎么样的一种痛。

三十

刚生产完的冉晓萌脸有点儿肿，床边有杨光妈妈的照顾，看到易水被夏夏搀扶着进来，杨光妈忙给易水搬了个凳子说："易水，快坐这儿，你怎么上来了？"

冉晓萌也坐起来紧张着易水说："易水，你怎么上来了？好点儿了吗？"

"刚听夏夏说你生了个乖女儿，我就迫不及待地想上来看看。我没事的。"易水说完又对杨光妈说："阿姨，我没事。"

"易水，你也要当心自己的身体啊。"杨光妈对易水的疼爱都在眼里，自易水住院，她老人家没少跑。

易水看屋里只有杨光妈和晓萌两个人，便问："宝宝呢？"

"宝宝被护士抱去洗澡了，杨光跑去宝宝洗澡的地方等着了，易水，你都没看见，杨光都快要乐傻了。"冉晓萌幸福地描述着，"护士把宝宝抱出来给杨光抱的时候，他都不知道怎么抱。抱着宝宝都不知道怎么走路了呢！"

易水心里莫名的痛了，她曾幻想过为向然生一个孩子，在绿绿的草坪上，向然站在一边慈爱地看着她和他们的孩子在嬉笑玩耍，可如今孩子已经不在了，幻想破灭的无声无息却又痛彻心扉。夏夏知道易水的痛，接过冉晓萌的话茬儿说："杨光当爸爸了，当然高兴了。"

几个人说着话的时候，杨光抱着小女儿回来了。此刻的杨光完全沉浸在作为父亲的喜悦里，小心翼翼地抱着女儿，一步三挪地进了病房，小声地问："易水，你怎么上来了？"

杨光妈从杨光怀里接过小宝宝，放到了婴儿床上，易水没有回答杨光的问话，围到了婴儿床边，婴儿床上的小宝贝粉嘟嘟的，努着小嘴，果真乖巧可爱。易水喜不自禁地说："好漂亮啊。"她想伸手摸摸，手伸出去又触电般地缩了回来……

看过了冉晓萌，看过了小宝宝，夏夏对易水说："易水，咱俩回去吧？你也得好好休息呢。"

"是啊。易水，你回去吧？"杨光的眼神对易水的关心一直不曾少过。

"阿姨、晓萌，那我先回去了，你也好好休息。"易水说完，出了冉晓萌的病房。

易水走后，杨光妈摇着头说："这孩子，真够命苦的。"

"妈，我一直没敢问你，当初你不接受我，易水还跑去找你了，她跟你说了什么啊？让你转了性子，同意我和杨光在一起的啊？"冉晓萌呆萌萌地问杨光妈。

"就是啊。妈，易水去找你的时候说什么了？"这也是杨光一直想知道的。

杨光妈伤感地说："易水当时哭着说，说你们两个才是一直真心相爱的，说晓萌做我的儿媳妇不会让我失望，让我不要为难晓萌，易水说了很多，哭得很伤心……"

"易水哭了？我和易水认识这么多年，我几乎没见易水哭过。"冉晓萌说。

杨光妈说："是哭得特别伤心，我看得出来，易水很珍惜你们之间的友情。"

杨光安静地听着，心里特别不是滋味……

易水刚走到病房门口的时候，就见易山火急火燎地从病房蹿出来了。

"哥！"易水叫了一声。

易山一把扶住易水的胳膊，心疼地说："易水，你去哪儿了？我一进病房没见你。我……"易山进到病房没见到易水，确实吓了一跳。

"我没事啦。哥。"易水装作轻松地说，"你看，我好好的吧？"说着三个人回到病房，易水脱了鞋坐到了床上。夏夏看易山的眼里只有易水，在一边赌气。

易水知道夏夏和哥哥还在闹矛盾，此时他们两人依然互不理睬，便对夏夏说："夏夏，你去取我的相机和笔记本，我和我哥说会儿话。好不好？"易水说着使了个眼色。

夏夏别了一眼易山，走了。

易山不说话坐在妹妹的床边，看着易水。

"干吗那么看我？"易水有点儿撒娇地说。

易山叹了口气，他不忍责怪妹妹没有照顾好自己，但是他心里有一份埋怨，是因为他没有看到向然陪在易水身边。

"是没有看到向然陪我？"不愧是兄妹连心，易水猜到了哥心里是怎么想的，她说，"是我让向然去处理公司的事情的，再说你也看到了，我这不是没事吗？哥，不说我了，说说你。"

"说我什么？"

"说你和夏夏。"

易山一提到夏夏似乎没有心力了，他失望了，特别失望，但还是装着没事地对妹妹说："有什么好说的啊？我们……挺好的啊。"

"哥，你和夏夏之间误会挺深的，有一部分原因是因为我是向然的女朋友，而向然的前妻是夏夏的表姐，她表姐又想着和向然复婚，你们因此会争吵，哥，我要说的是，你们俩就别跟着操心我和向然还有她姐三个人之间的事了。"

"易水，很多事你不懂。"

"我懂，哥，我懂。你对夏夏失望了，对你们的感情失望了，你怀疑夏夏不是真的爱你，可是，哥，依我对夏夏的了解，她是很爱你的。"易水为夏夏做着说客，她们是最好的闺蜜，易水知道哥哥和夏夏闹不愉快的这段时间，夏夏心里是特别难受的。

"好了，易水，你就别操心我的事了，我和夏夏……真的回不去了。倒是你，要快快好起来。"易山的话很快转到了易水身上。

易水从床上坐起来，看着哥哥的眼睛说："哥，你要和夏夏好好的，夏夏喜欢了你那么多年，你也喜欢夏夏，不要因为我和向然的事再彼此错过了。"

易山点了点头。

兄妹俩说话的时候，向然来了。易山看了看向然转头说："你出来一下。"说完转身出了病房。

向然摸了摸易水的脸蛋说："丫头，我出去一下。"

医院长长的走廊尽头有一扇窗，窗外是洋洋洒洒的鹅毛大雪，正在下得痛快，易山走到走廊尽头的窗前，停住了脚步，转身，看着跟在身后朝他走来的向然。

"脸上的伤是杨光打的吧？"易山开口问。

向然笑了，摸了摸脸上的伤，没有回答。

"这顿打，你应该挨。"

向然回复："是。"

易山转身，看着向然满脸的伤说："易水刚和你在一起的时候，夏夏极力反对，为此我还和夏夏吵过……"易山叹了口气，转身看着窗外的大雪说："易水，是不该和你在一起。她怀孕了，你都不知道的吗？"易山的语气里满是责怪。

易山不知道向然的前妻找过易水，易水没有和任何人说起石慧找过她，如果易山知道易水流产是因为受了向然前妻的刺激，那么杨光打向然一顿只是前奏吧？易山会把向然活活剥了皮的。

"是我没有照顾好丫头，但是，你放心，以后我一定会……"向然想说好好保护易水的，立马觉得自己说过很多回好好保护易水的话，却让易水受了这么大的伤害，他的心一直在油锅里煎熬着，他接着说："易山，请你相信我。我爱丫头，相信我。"

"我知道你爱易水，不然你也不会设身处地地为她着想，我要感谢你的是你解开了易水最大的心结，那就是她终于去看过妈妈了。我也知道易水很爱你，向然，我信你。希望你好好照顾易水。"

"放心，我会的。"向然重重地拍了拍易山的肩膀。

"如果有下次，我绝不轻饶你。"

"若有下次，任你处置。"向然说着伸出手，易山用力地握紧了向然的手。

大雪整整下了两天，似乎没有要停下来的意思，厚厚的积雪覆盖了整个城市，使整个城市的交通趋于瘫痪。向然拉了拉脖子上的围巾，在茫茫大雪中向医院一步步走去。当他走进易水病房时，只见夏夏一个人在收拾着东西，空空的床上没有了易水的身影。

　　向然的心瞬间掏空了，他几乎是扑过去，两手捏住夏夏的胳膊，抖着嘴唇，满眼慌张地问："易水呢？易水呢？"

　　夏夏吃痛地挣脱开被向然捏住的胳膊。

　　向然抬起手，又放下，手足无措的样子，着急地说："告诉我，易水去哪儿了？"

　　夏夏看着眼圈发红、为易水紧张万分的向然说："楼上，冉晓萌的病房。"

　　易水又去冉晓萌的病房看杨光刚出生的女儿，易水把一个红包塞到了冉晓萌手里，冉晓萌说："易水，你怎么给这么多啊？"

　　"我的干女儿嘛。"易水满眼疼爱地看着粉嘟嘟的小女儿。和冉晓萌寒暄了一会儿后，易水说："晓萌，你和杨光好好看着小宝宝，我先回去了。"

　　冉晓萌说："杨光，你送易水下去。"

　　杨光默不作声地将易水送到了楼梯口，易水停住说："杨光，恭喜你做父亲了。"

　　"是。"杨光笑笑，这笑容在面对易水时总有一丝或愧疚或忧伤的成分。

　　"宝宝很可爱的，以后可要对晓萌她们娘俩好啊。"易水语气温柔，杨光不记得上次易水用这样的语气和他说话是什么时候。

　　"好。"杨光压抑着心中太多莫名的感触，简单地回答。

　　"嗯，那就好。"易水搓搓手，停顿了一下问，"怎么对向然下那么重的手啊？"

　　杨光听得出来，易水的语气里没有对他的责怪，他知道易水知道他心里是怎么想的，抬头看着走廊的尽头，不说话。

　　"杨光？"易水看着杨光的脸，认真地叫着他的名字。

　　"嗯？"杨光回头看着易水那没有一丝血色的脸，苍白，但依旧美丽清纯。

　　易水浅浅一笑，歪着头，看着杨光说："不要担心我，我很好。"

　　"我知道。"杨光的情感很复杂，他尴尬略带掩饰地挤出一丝笑容。

　　"你要对晓萌和女儿好好的，等女儿满月了，记得把欠晓萌的婚礼给她补上。"

　　"你就别操心这些了。"杨光心里酸酸的，说，"自己身体还这么虚弱，还这么操心。"

　　易水不再说话，伸出双臂。

　　杨光也伸出双臂，彼此脸上挂着浅浅的笑容，礼貌友好地拥抱，易水心里也是莫名的酸涩，她在杨光的耳边，又重复了一遍："不要担心我，我没事，一定要对晓萌和女儿好，答应我。"

　　易水看不见杨光脸上的泪，他极力保持着正常的语调说："我会的。"杨光说着眼角瞥见一个身影，这个身影朝着他和易水走来。

　　易水抱了抱杨光，说："回去吧。回去照顾晓萌，我下楼了。"易水说完转身，手却被另一个人牵起。

　　"丫头。"

　　易水抬头，是向然，被杨光打过的脸依然俊朗，他正眼神温柔地看着她。易水任由自己的手被向然牵着，回头冲杨光说："回去照顾晓萌。"

　　杨光看着向然牵着易水的手下楼了，抬起脚步推开了冉晓萌的病房。

　　向然牵着易水的手回到了病房，夏夏看到易水进来，就抓起易水的手说："向然可算把你带回来了，他刚才进门，看到你不在，差点儿把我吃了。"

易水上床坐好，向然给她盖着被子，对夏夏说："哪有那么夸张啊？"

"易水，你没见向然刚刚进门没看到你时的样子，真要吃人，抓着我一个劲儿问'易水呢，易水呢'。你看，我胳膊都被他抓痛了，青了，有没有？"

"好了，我给你赔不是了。"向然看着没完没了的夏夏，双手抱拳，逗笑了夏夏，也逗笑了易水。

"夏夏，这几天你一直在医院守着丫头，今晚你回家休息吧。晚上我来陪着丫头。"向然感激地看着夏夏。

"向然，你得回家陪两个孩子啊！"易水提醒着。

"两个孩子由小严照顾着，我打电话叮嘱小严了，我明天一早回去，丫头，让我在医院陪你一晚吧？"向然说。

"易水，你就让向然陪你吧。"夏夏知道易水心里是想让向然陪着的。

夏夏从医院回到家时，看到家里被易山收拾得井井有条，她红着眼圈扑进易山的怀里，一字一句地说："不许你再说走就走，不许离开我。"

"你以为我想离开你啊？你明明知道易水在我心里的地位，还帮着你姐跟向然复婚……"易山无力地说。

夏夏紧紧地拥着易山不说话，易山开始柔声哄着："好了，我不想因为易水和你姐的事和你吵架，我知道你夹在中间很为难的。易水都说过我了，我会对你好的。"

"易山，有件事，我没来得及告诉你，我姐和向然有一对双胞胎儿子……"夏夏的声音变得很低，她不知道下一刻易山会作何反应，易山怎么肯让易水一嫁人就去做后妈呢？

易山沉吟着，半天不吭气。对于易水的担心早已大过了去责怪或者说埋怨夏夏了。

夏夏看易山半天不说话，叫了一声："易山？"

易山担忧地问夏夏："易水知道向然有两个孩子了吗？"

"好像……知道。"

"这丫头什么事都不跟我说。"

"易水是怕你担心她。"

"她不说，我就不知道，就不担心了吗？这丫头。还有这个向然，就是一个骗子。我真是看错他了。"易山愤愤地说着。

"你没看错向然，我姐生这对双胞胎，连我都瞒着，向然也是才知道的。"

易山满脸的愁容……

傍晚的时候，大雪停了，似乎有一抹阳光从窗户里照了进来。

"太阳出来了？雪停了吗？"易水从床上下来，走到了窗户跟前，看着银装素裹的大地，向然从后面温柔地环住了易水的腰，用下巴蹭着她的发丝，不说话。

"我一直在幻想自己披上婚纱的模样……"易水说着，心底又不能自已地悲伤了。她知道这一世就算自己披上婚纱，也不会是为了向然，如果不是为向然披上婚纱，那么她披上婚纱还有什么意义呢？

"等你出院，你就会看到你披上婚纱的样子了，本来想给你惊喜的，那就先告诉你好了，我早按照你的尺寸给你订了婚纱了……"向然说完吻了一下易水的脸蛋，笑嘻嘻地问，"这下是不是该睡觉了？"

易水又落泪了，没有人知道她心里的痛。

这一夜过得好快，时间似乎长了翅膀一样，天亮了。

易水闭着眼睛，在向然的怀里，想起在一起的点点滴滴，眼泪，再一次不争气地流了下来。终于她哭出了声音，她舍不得，她舍不得。

向然心疼地替易水擦着眼泪，轻声地哄着："乖乖的，不能再哭了，再哭就不好看了。"

易水放开了向然，拉着向然的手问："向然，你会记住我吗？"

"傻丫头。你在我心里，我怎么能记不住你呢？"

易水笑了，眼泪却从眼睛里流了出来。

向然一把把易水抱进怀里，他心疼了，他看不得易水的眼泪。他小心地喂着易水吃了早饭，哄着易水说："我去公司处理点儿事情，忙完就回来陪你，你要乖，等着我，嗯？"

"嗯。"易水嘴里含着早饭，眼里憋着泪，点头答应。吃了几口，她就摆手说不吃了。

"丫头，我忙完就过来陪你，你要乖乖的。我等夏夏来了，再去上班。"向然伸手捏了捏易水的耳朵。

"我一个人没事的。再说还有护士呢。"

向然抬手看了看时间，说："好。我忙完就回来陪你。"

"嗯，那你答应我，让我送你到楼梯口。"

"好。"

等电梯的时候，易水不顾身边等电梯的众人，靠到了向然的怀里，紧紧地抱着他，电梯来了，她微笑着看着向然进了电梯，看着电梯门关上，看着楼层的变化，泪，冲刷了她的脸……

三十一

夏夏推开房门，却见护士在收拾病房，以为自己走错了，退出去看了一眼房号，又进来问："这个床上的病人呢？"

护士说："易水小姐今早办理了出院手续，已经走了。"

"出院了？她那个情况能出院吗？"夏夏担忧地问。

"可以的，回家静养就行。"

"哦，好的。"夏夏心想可能是向然给易水办的出院手续，嘟囔着，"出院了也不和我说，害我一通跑。"

"对了，请问您是夏夏吗？易水小姐要我把这个给你。"护士小姐说着递给了夏夏两个信封。

夏夏诧异地接过，一看两封信是给向然和易山的。难道出院手续不是向然办的？她麻利地掏出手机打易水的电话，人工机器的声音提示已经关机。她出了病房，直奔电梯，一边跑一边给向然打电话，向然正给各个部门的负责人开着会，一看是夏夏的电话没有犹豫地接起："向总，易水不见了。"

听到夏夏在手机里说易水不见了，他顿住了……

夏夏赶到向然办公室的时候，易山已经到了，她无声地将两封信一封给了向然，一封给了易山。

向然和易山同时接过信，看了起来。

夏夏着急地问："写了什么？信上说易水去哪儿了吗？"

夏夏的话还没有问完，从向然的信封里掉出来一个小东西，砸到了地上，向然弯腰捡起，大拇指和食指之间捏了一枚戒指，他给易水的求婚戒指，这让他心猛地一下抽疼。

向然颤抖着手打开那张信纸，隽秀的字安静地躺在信纸上……

向然：

原谅我的不告而别，因为我始终没有勇气当着你的面对你说："我们的孩子没有了。"我很心痛，我很伤心……

我不想看到你为难，看到你在我和两个孩子之间艰难地做着选择，陪我还是陪两个孩子？你曾问过我有一天会不会离开你？我从来没有想过要离开你，可是我却选择了这样的离开。

向然，你能懂吗？我离开不是因为我不爱你，而是因为我爱你，所以我要给你你想要的，你那么喜欢孩子，如今有了两个可爱的宝贝在家里，你就该给他们完整的家庭，有爸爸有妈妈疼爱他们的家庭。

我会记住你给的温暖，去走一个人的路途。不要找我！

易水

向然泪眼蒙眬地看完易水的信，他看得很慢，很慢。而在他对面的易山手里拿着易水写给他的留言，上面写着："哥，我走了，不要找我，也不用担心我，我会回来看你的。希望你和夏夏早点儿结婚。"

向然看完易水的信，身体被掏空了一般只剩躯壳，心被一阵一阵地抽着痛，他颓然地坐到了沙发上。易山拿过向然的信纸看了一遍，夏夏如热锅上的蚂蚁一般，一直来回踱步，嘴里重复着："易水到底去哪儿了呢？"

易山看完易水给向然的信，沉默了好一会儿，走到向然的身旁，将手搭到向然的肩上说道："就这样吧！不要找她了！"说完，紧紧地拉着夏夏的手走了。

从向然的办公室出来后，夏夏问易山："易山，你是不是知道易水会离开，她去哪儿了？"

易山苦笑着说："这丫头，从小到大做任何决定都出人意料，我怎么知道她会离开向然，离开西宁呢？"

易山捂了捂脖子上的围巾说："以易水的爱情观，她的离开就是成全，成全向然的前妻，就是你的表姐，成全两个孩子，给他们一个父亲。"

"是，易水一直不喜欢争，凡事都不争不抢，我只是没想到面对她得来不易的爱情，她都可以不争，甚至以这样的离开来选择成全。"

易山将夏夏拉进自己的怀里说："易水希望我们早点儿结婚，她不止一次地要我好好待你，夏夏，我爱你。"

向然手里捏着那枚戒指，任心里的痛扩散到周身，他喃喃地道："丫头，你怎么舍得离开我？"

他起身，拿了衣架上的大衣穿在身上，又围了围巾，出来发动了汽车。

这是他第三次走这条路，第一次是易水带他来上坟，对着她的爸爸说向然是她深爱的男人，第二次是他带着易水，那天是易水的生日，他对易水的爸爸说："爸，我会好好照顾丫头的，总有一天会让她为我披上洁白的婚纱。"这是第三次，他走这条路，路两旁有厚厚的白雪还没有来得及融化。

他下车徒步到易水爸爸的墓前，白茫茫的雪地上有两行脚印，一直到易水爸爸的墓前，向然踩着脚印，一直走，他痛了："丫头，是你来过了吗？"

是的，易水来过了，向然确信，因为易水爸爸的墓前还有一束花，那个脚印就停在易水爸爸的墓前。他看着那束花，说："爸，是丫头来看过你了吗？她是不是说她要离开我了？"向然说着用手擦去了即将夺眶而出的眼泪，继续道，"爸，我把丫头弄丢了，她走了，离开我了……爸，她跟你说她去哪儿了吗？我把丫头弄丢了。"向然的声音里充满了悲凉。

向然说着颓然地蹲在易水爸爸的墓前，继续说："爸爸，我没有照顾好丫头，她走了，真的离开我了，爸爸，你告诉我，她去哪儿了？我要把丫头找回来，我曾答应过你，要好好照顾她的，爸爸，你告诉我丫头去哪儿了？"

四周寂静，偶有风声，任向然哭成泪人，都不会有答案告诉他，易水去哪儿了，他该去哪里找回他的易水？他想着不管易水去了哪里，他都要把易水找回来。向然刚想拔腿去找易水，他的电话铃声就响了。他麻利地掏出手机，以为是易水的电话，掏出手机一看是小严打来的，他咳嗽了几声，语调正常地接起。

"向先生，您在哪儿？您快回来一趟吧，念念发高烧了。"

"怎么会这样？"向然匆匆地从易水爸爸墓前离开，边走边问："烧得厉害吗？"

"三十九度二，我给他吃了退烧药，不起作用。向先生，孩子得尽快送医院。"

"我知道了，我这就回家。"向然几乎是半跑着到车上的，念念烧的这么厉害，他对孩子的愧疚开始蔓延，如果不是前一晚在医院陪着易水，或者念念就不会发高烧了。向然这么想着，将车开得飞快。

　　"夏夏，你现在去儿童医院排队挂号。念念发烧了，高烧。"向然给夏夏打完电话，就把手机扔到了副驾驶座，看着空空的副驾驶座上没有他的丫头，心，怎么能不痛？

三十二

杨光听夏夏说易水不见了，他的大脑开始陷入一片空白，他想着易水跟他说的话，完全是交代啊。

冉晓萌看杨光神色不对，便发问："谁的电话啊？怎么了？"

"夏夏打的，说易水不见了。"杨光坐到冉晓萌跟前说。

"什……什么？"冉晓萌紧张地问道。

"夏夏说易水给向然留了封信就不见了。"杨光又想狠揍一顿向然了。

冉晓萌担心地说："易水这是去哪儿了啊？虽然她以前总是说走就走，可现在不一样啊。外面天寒地冻的，她又刚做完手术……"

杨光握紧冉晓萌的手说："老婆，你不要担心了。你安心坐月子吧。等出了月子，宝宝满月了，我们的婚礼和宝宝的满月酒一起办。"

"每个女孩子都梦想着有一个漂亮的婚礼，我也不例外，但是我的婚礼必须得有易水，我今天的一切，可以说是她给的，妈当时态度那么坚决，就连我怀了冉冉，妈妈都不接受我，是易水专门跑去找妈妈，哭着做通妈妈工作的，如今冉冉落地了，易水还给了一个那么大的红包，我还听到易水对你说让你对我和女儿好，杨光……"冉晓萌激动了起来，哽咽地说，"易水，你去了哪儿？"

易水找不到了，杨光心里格外难受，冉晓萌说的这些他也深有体会，他安抚着冉晓萌说："好的，老婆，我答应你，找到易水，我们再办婚礼。"

向然一路飙着车到家，打开家门时，没有了他的丫头，他看到的是小严怀里抱着小儿子哄着，头上贴着退烧贴，小儿子脸蛋红红的，又哭又闹，大儿子看着小儿子闹，是跟在小严的后面闹着。他从小严的怀里抱过哭闹的念念，头贴到儿子的额头试了试，孩子滚烫滚烫的。

"上医院。"向然抱着小儿子出门了，小严将大儿子也抱在了怀里，跟在了向然后面。

快到医院的时候，向然问小严："小严，你给石慧打电话说了孩子病了的事吗？"

"说了，石慧姐要我打电话给你。"小严诺诺地说。

"你问了她什么时候回来吗？"

"石慧姐说她尽快订机票赶回来。"

向然不再说话，停稳了车，下车拉开后车门对小儿子说："来，爸爸抱。"儿子伸出小手扑进他怀里的那一刻，他忽然明白了父亲的含义，从小到大，向然没有享受过一天的家庭温暖，很多很多的记忆都是在福利院里……

夏夏等在医院门诊大楼门口，看到向然怀里抱着孩子，还有小严手里牵着一个孩子，两个孩子穿的一模一样，长得更是一模一样，她有点儿看傻了。

"夏夏，号挂了吗？"向然问。

"上二楼，专家号。"夏夏忙答道。

　　晚上两个宝宝睡了，念念的烧暂时退了，大夫说半夜有可能还要烧，叫家长注意。向然让小严去睡了，他亲了亲两个儿子的小脸，退出儿子的房间，坐到了沙发上。

　　夏夏给向然倒了杯水，坐到了向然的对面。

　　向然这一天忙的连口水都没顾上喝。

　　"向总，易水……"夏夏想着怎么劝劝向然，刚说到易水，向然就打断了她的话，说道："我会找到丫头的。"这句话向然说的特别没有底气，他心里一直一直在痛，他掏出手机又给易水发着消息，他相信他的丫头能看到。

　　两人说话之际，石慧手里拉着一个大大的行李箱，神色紧张地出现了。夏夏接过行李箱问："姐，你是坐晚班飞机过来的啊？"

　　"孩子怎么样了？"石慧开口便问。

　　"退烧了，已经睡着了。"向然回答。

　　石慧看到两个儿子安睡在床上，她挨个亲了亲，用脸贴着儿子的小脸，眼泪就出来了，这些天她想两个儿子都快想疯了，接到小严的电话说念念发高烧，她的心就提到了嗓子眼儿。

　　两人看完孩子轻轻地从孩子的房间退了出来，向然轻声地关上了房门，石慧抹着眼泪坐到了沙发上，向然给她倒了杯水。

　　石慧抹着泪说："半夜还会烧起来的，还得给喂一顿退烧药，念念体质不好，动不动就发烧，去年的时候，也是半夜发高烧，小严刚好回家了，大半夜，又是冬天，北京的冬天那么冷，我带着两个孩子上医院……"

　　向然安静地听着，抽了张纸给石慧，石慧接过，向然说："为什么不早点儿告诉我？非要一个人默默地扛着？"

　　"现在你知道了，算晚吗？"石慧擦了擦泪，问向然。

向然转了话题说："你回来怎么不早说,我可以安排人去接你,好了,你去楼上休息,我守着孩子。"

石慧指着主卧的位置问："你让我去楼上的客卧休息?"

主卧里放着易水最喜欢的雕花木床,向然不想让石慧睡易水的床,他没有回答石慧的问题,说道："我让小严起来给你铺床。"

石慧站起来,一把推开了主卧的门,里面所有的东西都变了模样。

夏夏从向然家出去,出了电梯,到了院子里,听到有人向她摁喇叭,她回头看到了易山开着车,缓缓停到她的身边。

她拉开车门坐了上去,易山说："不是说很快就下楼吗?怎么这么半天才下来呀?"

"我临出门的时候,碰到我姐了,她知道念念发烧,坐了晚班飞机过来的。"

"你姐赶过来了,是不是拉一个大大的行李箱,穿一件大格子的大衣?还戴一条围巾?"易山问。

"是啊。你看见了?"夏夏观察着易山的神色。

易山开着车,忽然变了道,一个急刹车,把车停在了路边,转头看着夏夏说："你说易水流产是不是和你姐有关系,前几天我出差要走的早上在我们的酒店大厅看到了你姐,带着一对双胞胎孩子,那个时候向然还在拉萨,就易水一个人住在向然家,我出差前后五六天,回来易水已经流产住院了,你姐是不是背着向然找过易水了?这个女人到底对易水做了什么啊?"

夏夏看易山分析得头头是道,开始沉默。

"逼易水离开向然,好让向然和她复婚啊。这个女人真是太有心计了,让易水流产,自己回了北京,还把两个儿子留在西宁,分散向然对易水的注意力。现在易水被逼走了，她就跑回来了……是不是这样？"易山愤愤地说，替易水鸣不平。

"易山，你怎么这么说我姐啊？我小的时候，爸妈忙，都把我放在大姨家，是我姐照顾我的。再说我们能不能不要为向然、易水和我姐他们三个人千头万绪的事在这儿争论啊？大半夜的……"夏夏渐渐地把话题岔开了。

易山重新发动了车子，一只手握住了夏夏的手说："夏夏，对不起啊。我不是冲着你，我只是担心易水。"

夏夏握紧了易山的手说："易山，我不想我们经常为了他们三个人的事儿起争执。我们结婚吧，好不好？"

"夏夏，易水一天没有跟我联络，我一天心神不宁，更无心操办结婚的事。"

"易水到底去了哪里啊？"夏夏无限惆怅地问。

"我相信她会跟我联络的。"易山坚信。

念念半夜又发起了高烧，向然正要给念念喂药时，石慧来了，醒来的念念一看到妈妈，就扑到了妈妈的怀里。石慧抱着念念，向然给念念喂着药，旁边睡着他们的大儿子思思，看起来似乎是完美的一家四口。

哄睡了念念，石慧没有要去睡的意思，她抱紧了向然问："真的不跟我复婚吗？你忍心两个儿子在不健全的家庭里长大吗？如果你不想复婚，我也不会逼你的，只是苦了两个孩子。等念念好了，我就带他俩回北京。"

向然想起两个孩子第一次见到他就奶声奶气地喊着"爸爸"的模样，想起念念在石慧的怀里安稳地不吵不闹。健全的家庭，对孩子真的太重要了。他轻轻地推开石慧，发现石慧一脸的泪，这个高傲的女人，在每一个人的面前都是冷傲的，唯有在向然面前表现得温柔。向然抓着石慧的两个胳膊说："复婚的事，以后再说吧。孩子们刚到西宁，你就陪孩子在这边吧，不是工作关系也调到西宁了吗？"

石慧心里暗暗松了一口气。

"去睡吧。"向然对石慧说。

石慧睡去了，向然睡意全无，他来到主卧，看着那张雕花古床，想起了和易水的第一次，想起易水说："向然，我把自己完整地给了你。"他的心像是痉挛一样地痛。他掏出手机，拨了易水的号，冰冷的人工提示音一直在说着："对不起，您所拨打的电话已关机。"这句话，向然听了几百遍。

翻开易水的微信，朋友圈没有更新，发给易水的消息没有回复。他坐在床边，紧紧地握着手机，心像是在油锅里煎了一遍又一遍。

夏夏愁着眉问上天：易水，你到底去哪儿了啊？你不在，我连婚都结不了了。易水，你一声不吭地走了，你到底去哪儿了啊？

夏夏正嘀咕着，看到向然无力地进了他的办公室，她忽然心中掠过一丝悲悯，对向然。

一向意气风发的向然，面对着易水的突然离开，忽然间变得精神涣散。她起身冲了一杯咖啡，敲门端给了向然。

向然示意她将咖啡放在桌子上，夏夏看着神色疲倦、双眼通红的向然，知道向然一夜未睡。

"夏夏，一会儿你安排小王去趟机场，去接亮子。"向然咳嗽了一下，吩咐着。

"已经安排了，向总。"夏夏答复。

"好。"

从看到易水给他留的信到现在，已经过去二十四个小时了，在这过去的二十四个小时里，向然不知道拨打了多少遍易水的手机，提示一直是关机。他不知疲倦地拨打着，抖着手给易水发着消息，心里一遍一遍呼喊着易水。电话打不通，发出去的消息如沉入大海一般没有一丝的回复，向然正暗自神伤时，手机的短信提示音响了，他如打了一个激灵一般，一把抓起来，只见短信上写着："念念已经不发烧了，你安心上班。"这个短信是石慧发的，他没有回复，把手机丢到了大大的办公桌上。

下午的时候，陈亮出现在了向然的办公室。看到连中午饭都没吃，整个人濒临崩溃的向然，他说："早就劝过你不要陷得太深，你看你现在的样子。"

向然不说话。

陈亮看了一眼办公桌，上面的烟灰缸里盛满了烟头，又问："干嘛抽这么多烟啊？"

"走。"向然没有理会陈亮的问题，站起来，拿了大衣径直出门了。

陈亮紧跟在向然后面问："去哪儿啊？"

向然不说话，开着车来到一家酒吧。

"什么都不用问，什么都不用劝，陪我喝点儿。"陈亮也拿起面前的杯子，重重地和向然碰到了一起，两人一饮而尽。

喝了酒的向然，絮絮叨叨地重复着他的矛盾和心痛，"我好想现在就去找丫头，可是念念发烧了，理智告诉我不能在儿子发烧的时候去找丫头，亮子，我好矛盾，好纠结，好心疼！"就这几句车轱辘话向然重复了半个晚上。

两个大男人喝得差不多了，从酒吧出来，站在路边等着出租车，陈亮担忧地问向然："你没喝醉吧？"

"当然没有？"酒精的作用下，向然的眼睛有些发红。

陈亮看着载着向然的出租车走远，拿起手机，拨通了石慧的号码，响了一会儿石慧才接。

"什么事？"石慧优雅的声音从话筒传到陈亮的耳朵里，陈亮心底有一丝丝紧张。

"哦，也没什么。刚刚向然拉我一起喝酒，现在在回家的路上，他说孩子发烧了，现在怎么样？"

"退烧了，白天一直体温正常。"石慧停顿了一会儿说："向然跟你喝酒，他说什么了吗？"

"没有。也没喝多少的。那……你还回北京吗？"陈亮的脸庞掠过冷冷的寒风，他站在风口问石慧。

"不回去了，工作关系已经调到这边了。"

电话一直通着，陈亮半天没有说话，他抬头看着天，晚霞泛红，半晌才问："向然答应复婚了吗？"

石慧坚定地说："他会答应复婚的。两个儿子都有了，他没有理由不复婚。"

"嗯……石慧，你为什么非要复婚呢？向然……他钟情于易水的。"

"我爱向然，我为他生了一对儿子，我的儿子不能没有父亲。"

"可向然爱的是易水。"陈亮的音量提高了八度。

"易水呢？不是已经离开了吗？向然爱谁不重要，我爱向然才重要。"石慧平静地说。

陈亮收了电话，走向停车场，他忘了自己喝了酒了。

醉酒的向然踉跄着到家后，直接进了卧室。关上卧室门，似乎又是另一个世界，雕花古床还在，可是易水去了哪里？

一个模糊的带着呜咽的声音从他的胸腔到喉咙里传出来："丫头，你到底去哪儿了？"随着这句模糊不清的话，向然的肩膀抖得更厉害了。他猛地爬起来，来到梳妆台前，拿起一个粉色的盒子，他记得易水把她的小饰品都放在那个盒子里，没找到，没找到，他送给易水的那个在敦煌夜市做的 DIY 手链……易水拿走了？

向然站在梳妆台前，抬头看到了镜中的自己，胡子拉碴，面色憔悴，双眼布满血丝，他被自己的模样吓了一大跳，可是他心头掠过一丝暗喜，他的丫头虽然退回了求婚戒指，却带走了那条手链……

"丫头，你去哪儿了？你知道我在想着你、念着你吗？"向然心里默默地对易水说着，他回到床上，迷迷糊糊地睡着了。不知道睡了多长时间，一阵手机的铃声响起，他从梦里醒来立马抓起手机，又是一阵失望袭来，他接起电话还没有说话，电话那头一个女人的声音充满了慌乱地说："向总……您能赶来医院一趟吗？亮子他出车祸了。"

"什么？"向然的脑袋立马清醒无比。

"向总，你快来医院啊。"电话里的女人带着哭腔。

向然赶到医院的时候，陈亮头上缠着纱布，似有血迹渗出，胳膊上打着石膏，守在陈亮身边的是个知性漂亮的成熟女人，三十岁，未婚，有很强的工作能力和组织协调能力，名叫蒋涵。

是蒋涵给向然打的电话，向然知道蒋涵喜欢陈亮很多年了。可是让向然不解的是，陈亮从未正面回应过蒋涵的追求，甚至刻意躲避着蒋涵。

"这是怎么回事？"向然问。

陈亮动了动说："开车撞城郊的树上了。"

"蒋涵，大夫怎么说？"向然看陈亮一副无所谓的样子，便回头问蒋涵。

蒋涵回答道："额头只是擦伤，没有伤及大脑，可能有轻微的脑震荡，手臂骨折，已经打了石膏。"

"出来说。"向然叫了蒋涵出来。

"怎么回事？我下午还和亮子一起呢？怎么就出了车祸呢？"向然的酒已经全醒了。

蒋涵说："我想约亮子晚上一起吃饭的，可是我给他打电话的时候，他才告诉我，他在城郊，车撞树上了，我就搭车飞奔过去，刚见到他的时候吓了我一跳，他满脸是血，送到医院检查完才知道额头只是擦伤，胳膊骨折了。"

向然心里明白陈亮是和他喝了酒才出事的，他对蒋涵说："你将工作上的事给部门的人交接一下，这几天就在医院照顾亮子吧。"

蒋涵高兴地答应，喜欢陈亮这么久，她需要一个这样的机会。

向然又回到病房跟陈亮说："你好好养身体吧，这几天让蒋涵照顾你，有事给我打电话。"

"向然，我有话跟你说。"陈亮在病床上忍着身体上的痛说。

"说吧。"向然转身坐到了椅子上。

"蒋涵，你先出去。"陈亮支走了蒋涵。看着蒋涵出去了，他才说："向然，你是不是我兄弟？"

"当然是，还用问？"

"那兄弟求你件事。"陈亮看着向然认真地说。

"医药费我可全给你交了的啊。你还能有什么事？咱兄弟之间要说'求'这个字吗？"

"是。要说。"陈亮非常认真地说,"答应石慧,和她复婚吧,她一个女人拉扯两个孩子不容易。"

向然没有说话,从凳子上站起来,出了病房门,连蒋涵都没有理,大步走开了。

时光不会因为谁的离开而停住,这天是易水离开的第三十天,这一天是个喜庆祥和的日子,鞭炮声四起,电视里放着春节特别节目《一年又一年》,石慧给两个宝贝儿子换上了帅气的新衣服,在厨房里忙活着,包了向然爱吃的饺子。

向然逗着两个儿子,帮着石慧准备着年夜饭。之前他还想过和易水两个人怎么过他们在一起后的第一个春节,当春节临近,那个他想和她一起过的人,没有了踪迹,在漫天的鞭炮声中,他将心底的思念深深地压到了最深最深的角落。

"似乎好久没有这么热闹地过春节了。"石慧感叹着。

"是。"向然迎合着,自他和石慧离婚后,每一年的春节都是他一个人过的。

"一会儿尝尝看,包的饺子还是不是以前的味道。"石慧简单的一句,透着不同的深意。

向然无心去尝饺子,他的心被绞成饺子馅儿,不时有鞭炮声传来,向然在心里问了无数遍:"丫头,你在哪儿啊?"

零点的钟声敲响,石慧给两个孩子穿了外套,问向然:"我俩带孩子下去放烟花,好不好?"

两个小家伙高兴得手舞足蹈,要放烟花了。

向然答应了石慧,带着两个孩子,到了楼下,在漫天绚烂无比的烟花下,向然仰着头,他在心里又默默地问易水:"丫头,你还好吗?"

"爸爸，你哭了？"念念的小手摸着向然的脸问。

向然亲了儿子的小脸一口，抬手抹掉了自己脸上的泪，说："爸爸没有哭呀。"

"可是念念看到爸爸流眼泪了。念念之前见过妈妈也流眼泪了。"念念稚嫩的声音，嗷着可爱的小嘴说着。

此刻杨光也在楼下放着鞭炮，冉晓萌刚出月子，不能受冻就在家陪着小冉冉和母亲。"易水，不管你去了哪里，我都希望你过得好。"杨光看着绚丽的烟花升空，绽放，迸射出璀璨夺目的色彩，又在眨眼间瞬息消逝……

他掏出手机给易水发了条短信："易水，过年好。"

不再期盼易水的回复。杨光点燃了一颗颗的烟花，看过了它们的绚烂，接受了它们的消逝，转身上楼，楼上有他的老婆还有女儿。只有冉晓萌才能给他温暖的家，杨光一直很清楚自己心里想要的是什么。

不过他还是看着烟花许愿："易水，你要好好的。"

春节联欢晚会已经结束了，两个儿子已经睡着了，石慧来到向然的身边，显得温柔如水。

"向然，我们谈谈？"石慧问。

"好啊。"向然答应。

石慧起身关了电视，站在向然的对面，看着照片墙说："这些都是易水的作品？"

"是，都是易水……都是她获了奖的摄影作品。"原来真正爱一个人，会让他觉得，在说出她的名字时，心都会猛烈的疼痛。

"刚刚是想易水了吧？念念说你都流眼泪了，也难怪。她是特别有才气的一个女孩子，我看过她写的文章，也看过杂志上她拍的照片，挺多愁善感的。"石慧仔细地看着易水的照片，轻轻地说："或者我这个大学教师跟这样一个年轻又有才气的女孩，连比都没有可比性呢。"石慧转身看着向然自嘲似的笑笑。

"石慧，你一向心傲，何必要说这样的话呢？"向然明白一向高傲的石慧放低自己的姿态和身段只为了他们的儿子能有个完整的家。

石慧黯然伤神地坐到了沙发上。

向然默默起身，找来一个大箱子，将墙上的照片摘下来，小心地放到了箱子里，想起之前为了让易水更有"家"的感觉，他跟夏夏拿了钥匙，将这些照片从易水家搬到了这个家，还照着原来的模样挂在了墙上，想起易水看到这面照片墙时，满眼的欣喜和感动，如今事非人非了……

"石慧，能给我一点儿时间吗？让我想想该怎么给两个儿子一个完整的家？"向然收好了一箱子的照片，回到沙发上，跟石慧说。

石慧面露喜色，她终于等到向然松口了。她伸出手抓住了向然的手，刚要说什么，向然却触电一般地拿开了自己的手。

石慧略显尴尬地说："没事，我等你。早些休息。"石慧说完上楼去了。

向然看着石慧的背影，又看着放在地上那箱易水的摄影作品……

三十三

　　春节的七天假期，很快过去，向然回到公司，一个人躲在办公室，背靠着门的方向坐着。一个人的时候，易水就会跳出来。

　　"丫头，你离开三十七天了，你知道我是怎么过的吗？"向然心里默默地问："我想你的时候，你能感觉到吗？丫头。"

　　他又被烟呛到了，猛烈地咳嗽，眼泪都出来了，向然伸手擦了擦眼泪。

　　"呛到了？"一个声音从向然的背后传来。

　　他转回了椅子，看着陈亮问："走路不带响啊？"

　　陈亮笑着坐到了一边的沙发上，说："我明天去拉萨，你有什么交代的没有？"

　　"嗯，这次去把我们之前培养的那些管理层的员工带去。"向然。

　　"好。"陈亮答应。

　　"你的伤怎么样了？"向然看着陈亮问。

　　"小事儿，这么吊着，不影响工作。"陈亮不以为然地说。

　　"自己多注意点儿，别磕着碰着。"向然用心地关怀。

　　陈亮笑笑，说："别顾着说我，说说你。"

　　"我有什么好说的？"向然摁灭了手里的烟头，烟灰缸里升起一丝丝青烟。

　　"你知道石慧为什么要跟你复婚吗？"陈亮张嘴不超过三句，话题就会绕到石慧身上，向然一听到陈亮提石慧要复婚的事，就忍不住抓狂。

　　"石慧生下两个孩子一直一个人带着，念念体弱，易生病，她也是尽力地照顾着，一直没有告诉你，可能她也有想过一个人带大两个孩子吧。真正让她动了复婚念头的，除了你转了性子不再寻花问柳之外，还有一件事彻底让她想到了复婚，那就是她在大学里带班，班里有一个男生，学习成绩优异，也很热心助人，可谓品学兼优，就是这样一个品学兼优的男孩子只因为和同班的女朋友的几句争执，他动手打了那个女孩，把女孩打到住院，事情闹得很大，后来石慧才得知，那个男孩是在单亲家庭长大，品学兼优的背后有严重的心理扭曲和性格缺陷，过度小气，暴力倾向严重。据石慧讲那个男生和女朋友吵架，也不过是那个女孩说男生不懂情调，做事小气。只因一句话，触痛了男生……"

　　向然听着，没有说话，陈亮说："就这件事，让石慧想到了复婚，她不想两个宝宝在不健全的家庭环境下长大，可以说她复婚不光是为了自己，虽然她总说她爱你。"

　　向然看着陈亮问："你怎么知道这些的？"

　　"石慧告诉我的，她知道她告诉了我，你就会知道。所以你好好考虑考虑。"陈亮说。

　　"我知道了。"

　　"向然，你不想思思和念念长大以后为人偏激、心理扭曲吧？"陈亮发问。

　　"我会好好考虑的。"

向然找到易山时，他正在后厨忙碌着。

"向然，你怎么来了？"易山看到向然便说，"你上我们饭店二楼找个座儿，等我，我一会儿过来。"

向然听了易山的安排，上到了二楼，找了个位置坐定，要了两杯茶。一会儿易山来了，易山换了生活装，更显得帅气，他直直走来，坐到了向然的对面。

"没有提前跟你打电话，打扰你工作了吧？"向然抱歉地问。

"没有。"易山客气地问，"你来找我是……"易山心想莫不是向然此来是为了打探易水的消息？

向然从兜里拿出来一个暗红色的户口簿，递到了易山的手上，说："这是你和丫头的户口簿，我过来是给你拿户口簿的。"

易山接过，收好。想起不久前自己给妹妹拿户口簿时，妹妹还憧憬着和向然的未来，如今是向然给他还来了户口簿，易山的心里特别难受。

"易山，你有丫头的消息吗？"向然的眼神里还有太多太多对易水的爱，他的语气里带着试探，带着让人不能拒绝的恳求。

"其实我也不知道她现在在哪儿。"易山这样回答。

"我答应过你要好好照顾丫头的，可是现在丫头已经不给我照顾她的机会了。"向然的这句话说的极度伤感，易山看得出来向然是真的爱自己的妹妹。

"向然，不要让你的两个孩子长大后骂你这个父亲，你该选择的是给两个孩子温暖完整的家。"这句话是易山替易水要表达的意思。

"易山……"向然还想说什么，易山起身说："后厨还有事，我先去忙了。"

看着易山离开的背影，向然又摸出手机，给易水拨电话，还是提示关机，向然给易水发了消息："丫头，不管你到天涯海角，我依然在等你，我知道我想你的时候，你也在想我。"他坚信他发出去的消息，易水能看得到。

不知道易水离开了多少天，转眼向然的两个儿子要背着书包上幼儿园了。这天是思思和念念第一天上幼儿园，早上石慧给两个儿子穿戴整齐，给他俩背上小书包，然后对向然说："两个儿子第一天上幼儿园，你要不要和我一起去送？"

向然默默点头。

下午的时候，西宁的天气忽然变得飞沙走石的，狂风里夹杂着土腥味，向然看时间快到两个儿子放学的时候，他开了车，直奔儿子的幼儿园。

向然快车赶到幼儿园时，幼儿园已经放学了，他从车上看到石慧的头发被疾风吹的凌乱，她用自己的风衣裹着两个被风吹得睁不开眼的儿子，在路边焦急地等着车，这个场景深深地触动了他的内心。

"快上车。"向然打开后车门，将两个孩子抱上了车，石慧看到向然出现，这个坚强高傲的女人的眼里立马溢满了泪水。她坐上车，向然为她关上了车门。

向然开着车，对坐在后排座位上的母子三人说："对不起，路上堵，我来晚了。"

石慧没有说话，她的眼里一直憋着泪。

"守得云开见月明。"石慧刚在微信朋友圈发了这条消息，就收到了陈亮发来的消息："向然答应复婚了吗？"

"嗯。他说这几天就去和我办复婚手续。"石慧回应。

陈亮再没有消息发来。

石慧捏着手机，过了很久，给陈亮发了一条消息："不知道为什么，我并没有觉得多高兴。"

是的，向然打算要复婚了，石慧在风雨中一个人护着两个儿子的场景一直在他的脑海里，他想：人总该要舍弃什么的，而他的舍弃便是和易水的那份情。

冉晓萌翻来覆去地睡不着，弄醒了在一旁的杨光。

"怎么还没睡啊？一会儿冉冉该醒了。"杨光看着睡在婴儿床上的女儿，催着冉晓萌说。

冉晓萌坐起来说："杨光，我挺担心易水的，这都两个月了，易水还是没有消息。爸妈又一直催着办我们的婚礼……没有易水给我做伴娘，我不想举办婚礼。"

杨光听冉晓萌这么说，也是忍不住地叹息："冉冉的满月酒已经摆完了，你总不能因为没有易水而一直不办我们的婚礼吧？晓萌？"

"易水因失去孩子而离开向然，而我们的冉冉已经两个月了，我总对易水有一丝说不出口的愧疚，虽然她早已原谅了我们，所以这也是我要易水做我伴娘的原因，我要把我新娘的捧花丢给她，希望她能早日找到陪她一生的人。你看夏夏，有易山疼着，就易水孤单一个人。"冉晓萌说着心里泛起了酸涩。

"行，那我们的婚礼就等易水回到西宁再办。爸妈那边我去说，早点儿睡，乖。"杨光说着搂紧了冉晓萌。

三十四

向然的生活里似乎只剩下两个孩子了，对于易水的思念虽然与日俱增，但他把那份思念压在心底。他还是会给易水打电话，还是会发信息，一直关机的提示音让他揣测着易水会在每一天的某一个时段开手机，会看到他发去的消息。他也期盼着能有易水的回复，他的期盼一直在持续，一直在持续，虽然他很清楚接下来他要去走复婚之路了，如果不是幼儿园的两份体检报告。

思思和念念从幼儿园回来，每人的书包里有一份体检报告，要家长签字。向然一看体检报告，立马觉得天旋地转，两个孩子体检表上的血型一栏上赫然写着："B型"。

有一句话是这么说的："女人生的孩子，一定是她自己的，而男人生的孩子，却不一定是自己的。"向然在看到体检表时就想到了这句话，他被"B型"两个字刺得睁不开眼，而这根刺也堵到喉咙里，扎到了心里。

石慧做好了饭端上了饭桌，还不见向然回来，她给向然打电话，一直无人接听，给向然的办公室打，依然是无人接听。

夜幕降临，黑暗代替了光明，向然一个人呆呆地坐在路边，没有思维。眼前是一辆一辆的车呼啸疾驰而过，他眼神涣散，神情悲凉，兜里的手机发疯一般地响了一遍又一遍，他听不见，他听不见……

　　向然回到家，石慧似乎没有发现向然的神情不对，给他倒了杯水，问："这么晚你去哪儿了？我一直在等你，担心你出什么事。"

　　"两个孩子睡了吗？"向然问这句话的时候显得特别的疲惫。

　　"睡了。"石慧回答。

　　"向然，我有话对你说。"石慧猜测着向然晚归的原因，可能是他还没有想好要不要明天跟她复婚。所以她想要跟向然表达她的想法：很简单，给两个孩子一个完整的家，有亲爱的爸爸和妈妈的家。

　　"石慧，我也有话跟你说。"向然说完这句话后喝了一大口水，然后转头，表情冷静严峻，眼神特别有意味地看了一眼石慧，低沉地说，"石慧，如果说这是一种报复，你的目的已经达到了。"说完眼神从石慧身上离开，嘴角带着让他自己都觉得悲哀的嘲笑。

　　"向然，你什么意思？什么报复？我什么目的啊？如果你不想复婚，我们明天可以不用去办手续，你用得着这样诋毁我吗？"石慧几乎受不了向然的眼睛里射出的目光，那目光里带着剐人心肉的尖刀。

　　"你自己看吧。"向然将两个孩子的体检表重重地丢到了石慧的手里，然后不再去看石慧的脸，靠在沙发上，闭着眼睛，三秒钟后睁开，看着天花板。

　　石慧一眼就看到了两张体检表上的血型一栏，她的脸色立马变绿，声音也开始颤抖并打结道："这不……不可能，不可能……这怎么可能？"她抬头看着向然说，"我俩的血型都是 O 型，肯定是医院搞错血样了。"石慧说得异常肯定，"向然，两个儿子是你亲生的，你要相信我，向然你得相信我呀！"石慧着急的声音里开始带着哭腔。向然从没有见过这个一向高傲的女人居然也有如此脆弱的一面，他看得出来，石慧的着急不是装的。

"石慧，会不会是医院搞错了，你抱错孩子了？"向然这么问，也是希望"喜当爹"不是石慧故意报复他的，可是他心里很清楚从医院抱错孩子的可能性是几乎没有的。

石慧摇头，眼泪开始往下落了，抽泣地说："不可能，那天只有我生的是一对双胞胎，再说思思和念念长得也很像我，特别是眼睛的部位，怎么会抱错呢？"

向然的心再一次重重地痛了，他将一个男人的自尊压在腋下，慢慢地发问："那孩子的父亲到底是谁？"

石慧肯定地说："两个孩子的爸爸是你，一定是医院搞错血样了，如果不相信，可以做亲子鉴定。这四年我们是没有交集，那是因为你从来没有关注过我，而我一直关注着你，你的微薄，你的QQ，你的微信，我都是默默地关注着，关注着你的生活，因为我对你还有感情，因为你是我的第一个男人，也是我唯一的男人，我是想过独自把两个孩子带大的，可是我知道两个孩子需要完整的家，所以从他们很小很小的时候，我就给他俩看你的照片，告诉他们你有多爱他们……"石慧已经有点儿说不下去了，她平复了一下自己的心情说："我没有你想象的那般不堪，我从没有想过报复你，我比任何人都希望你过得开心，我以为两个孩子在这个家，会让你感受到为人父的喜悦，会更让你感觉到家的温暖。"石慧脸上的泪大颗大颗往下掉，她扬着手里的体检表说："一张体检表说明不了什么，如果你不相信，明天我们就去做亲子鉴定。"说完绕过向然，头也不回地上楼了。

这一夜，石慧一夜无眠。想起大学的时候，她一见向然便倾心不已，在大学的时候就给了向然一个女孩最宝贵的东西。后来怀孕，向然凑钱带她做流产手术，手术中概率很小的大出血让她碰上了，向然为她输血，大学毕业后，她的父母多番阻挠无果，她毅然决然地嫁给了向然，虽然婚后她一直没能怀孕，但她一直以为她的婚姻生活是幸福美满的。可是有一天她讲完课回到办公室，打开邮箱时，里面收到一封长长的邮件，里面写满了向然背着她猎艳的种种。

隔天她的手机就收到了一条陌生号码发的让她去禾田酒店捉奸的短消息。所有的不堪都入了她的眼，她以最快的方式办理了离婚手续，可能老天就是这么会捉弄人，离婚后不久，她才发现自己怀孕了，她没有杂念地想生下孩子，最惊喜的还是一对双胞胎。怎么会不是向然的孩子呢？

这一天的清晨似乎比每一天来的都要早，石慧起床给两个孩子穿衣洗脸，在两个孩子面前表现的和颜悦色，趁两个儿子不注意拔了头发，装到了小小的密封袋里。 .

"这是我从两个儿子头上拔的头发，都带着毛囊，你拿去做亲子鉴定吧。"石慧跟向然说这话的时候，底气很足，因为她坚信孩子是向然的。

向然心里很矛盾，特别矛盾，准确地说，他没有想过要去做亲子鉴定。

"做个鉴定，你心里就踏实了。"石慧说，"鉴定结果出来，你肯定了两个孩子是你的，我也不再逼着你复婚的。"

向然手里拿着两个孩子的头发，心里想着就算鉴定结果出来，两个孩子真不是自己的，他也要复婚，石慧母子三人在大风中站在路边打车的情景一直在他的脑海里。

"这四年我们是没有交集，那是因为你从来没有关注过我，而我一直关注着你，你的微薄，你的QQ，你的微信，我都是默默地关注着，关注着你的生活，因为我对你还有感情，因为你是我的第一个男人，也是我唯一的男人。"昨天一晚上，向然也没有睡，一晚上，他都在消化着石慧的这句话。

或者，他真的亏欠石慧很多。

"我上午还有课，先走了。"石慧说完转身。

石慧送完两个儿子，电话打给了陈亮："向然本来答应今天去办复婚手续的，可是他昨晚很晚才回来，手里拿着思思和念念在幼儿园的体检单。"

"是两个孩子体检有问题吗？"陈亮猜测着问。

"不是，是体检单上血型一栏写的是B型，我和向然的血型都是O型，孩子的血型怎么会是B型呢？肯定是幼儿园体检采血的时候，那么多孩子，医生和护士搞错血样了。向然不相信孩子是他的。"

"什么？孩子的血型是B型？"陈亮彻底惊住了，他大声地发问。

"是，一定是医院搞错血样了。"石慧肯定地说。

"向然既然不相信孩子是他的，那孩子是……"陈亮的话还没有问完，石慧怒吼道："孩子当然是向然的，我连这个都不清楚吗？"

"那就好。那你俩今天还去办复婚手续吗？"陈亮关心地问。

"向然拿着孩子的头发去做亲子鉴定了，等鉴定结果出来再说吧。"石慧显得特别疲惫，她忍着眼里的泪说："鉴定结果出来也得一周的时间，我想用这段时间好好地考虑一下，到底要不要复婚了，向然的表现太让我失望了。"

"石慧，这么多年，你没有想过回头看看吗？"陈亮蛮有深意地问。

石慧没有领会到陈亮的问话，她似乎不耐烦地说："我现在心里很乱，我先挂电话了。"

一周后，鉴定结果出来了。

向然拿到和两个孩子的《亲权鉴定报告书》时，居然有点儿害怕看到检验结论，但他依然沉稳地打开了报告书，看到了鉴定结果：不存在亲子关系。

向然虽然做了充足的心理准备，但是这个检验结果还是让他不能接受，两份检验报告均是一样的结论，他不是两个孩子的亲生父亲。

似乎是踩在棉花上一般，向然觉得自己的双腿无力，他坐到了楼道的椅子上，将两份鉴定结果攥在手里，本以为这样的结果，他能承受得住，但当现实这般残酷的袭来，他觉得有一种被欺骗的心痛。他觉得生活给他开了一个大大的玩笑，他苦涩地笑了。

一阵脚步声袭来，他抬头看到了向自己大步跑来的陈亮。陈亮冷酷的外表一点儿不减当年，他喘着粗气，从向然的手里拿过了那两份鉴定结果，看完，脸上的表情特别不自然，这不自然里居然有一丝不易察觉的欣喜。

"这鉴定结果，孩子……两个孩子不是你的。"陈亮坐到向然旁边说。

向然苦笑地说："石慧就是报复我的。因为我曾经的背叛，瓦解了她一向看重的婚姻，所以她带着两个孩子逼走了易水，以复婚的名义让我养这两个孩子……"向然很激动，他的心底压着各种情绪，有被石慧欺骗的愤懑，更有对易水的愧疚。

陈亮看着激动的向然，接话道："向然，或者事情不是你想的这样，石慧根本就不是你说的那样，我们先到车上去，石慧还在等。"

"不要再替石慧说话了！石慧，她太有心机了，她这是在报复我！"向然咬着牙嘶吼着。他开始恨石慧，这个颇有心机的女人，带着和别的男人的孩子来和他复婚，毁了他的一切，逼走了易水，还有他们的孩子，他心里怎么能不恨？

"向然，你不可以这么说石慧！"陈亮也急了，大声警告着向然。

向然稍稍恢复了一些理智，他的双肘撑在双腿上，眼睛死死地盯着地面。

两个大男人沉默了好一会儿儿，陈亮冷酷的眼望着远处，郑重地说："我想我知道孩子的父亲是谁。"

"你是说你知道孩子的父亲是谁？孩子的父亲到底是谁？"身为喜当爹的第一主角，向然凌厉的眼神从地面移到了陈亮的脸上。

"我。"陈亮将视线从远处收回，看着向然的眼睛说。

向然无声地笑了，说："你开什么玩笑呢？你要是孩子的父亲你能劝我跟石慧复婚啊？再说你和石慧怎么可能？你不能因为安慰我，就开这样的玩笑啊。"向然说着还重重地拍了陈亮的肩膀几下。

"我也是今天才知道孩子的父亲是我，孩子的父亲如果不是你，那肯定就是我。"陈亮一点儿没有开玩笑的样子，表情严肃而冷峻。这样的表情影响着向然，向然收起了脸上带着的笑，问："怎么回事？"

"向然，你还记得，你和石慧离婚的那天晚上，你打电话给我，叫我陪你喝一杯，而我没有来，你知道我为什么没有来吗？"

"你把话题扯那么远做什么呢？"

"你听我慢慢跟你说。"陈亮吐了一口气说，"那天晚上，你给我打电话的时候我一直偷偷地跟在石慧的身边，我知道你们婚姻的结束，石慧是比你更痛苦的，她心里一直爱的人是你，却因你的不忠，她的高傲草率地结束了你们十年的婚姻，所以我知道她的痛苦，我跟着她到了酒吧，在幻影灯光的背后看着不善饮酒的石慧，一杯接一杯地给自己灌着酒，我阻止不了，只有默默地守着她。最后看着烂醉如泥的她不省人事，嘴里却还念着你的名字，我几乎是从酒吧把她背出来的，送她到了附近的酒店休息，可是当我要离开的时候，她……她哭喊着你的名字说：'向然，求你别不要我，我提离婚你为什么不挽留我？'鼻涕眼泪抹了我一身，那样的石慧是你从来没有见到过的，脆弱得让人怜惜，我哄了好久她才平复，也是在那一晚，我和她发生了……"

向然听得犹如在梦中。陈亮继续说着："是石慧一直把我当成你。"

"这怎么可能呢？"向然发问。

"是呀？这怎么可能呢？"陈亮无奈地笑笑说，"这十多年，石慧一直喜欢你，而我为何一直不娶，你是我最好的兄弟，可知我的心意？"

向然愣住了，好一会儿，陈亮说道："因为我最爱的女人，嫁给了我最好的兄弟，所以我宁愿一个人。"陈亮说话的神情满是悲凉。

"什么？你喜欢石慧？"向然彻底惊了。

陈亮点头说："石慧喜欢你多久，我就喜欢了她多久，我一直好后悔大学的时候，初见石慧的第一眼，拉你一起看，你用了三天的时间搞定了石慧，赢了我一顿饭，而我却选择了用十几年的时间守护着石慧。"

"你为什么不早说？"向然几乎是咆哮着。

"我说有用吗？你俩以闪电的速度在一起，紧接着石慧怀孕、流产、大出血，我们一毕业你们就结婚了，我怎么说？你要我怎么说？你是我最好的兄弟……"陈亮的眼圈红了。

"所以你看不得我背着石慧拈花惹草，所以是你告诉石慧前来捉奸的对不对？"

"对，是我给石慧发的邮件，是我告诉石慧禾田酒店的房间号的，我看不得你对石慧不忠，我比谁都希望石慧过得好，我也幻想过我能亲自给石慧幸福，可是她一和你离婚就去了北京，甚至连我都不愿意见。"

向然点燃了一支烟，陈亮从向然的手里抢过来，猛吸了起来，说："我也一直以为两个孩子是你的，石慧心里的人始终是你，我就对自己说只要石慧高兴我就高兴，她想和你复婚，我就帮着她说服你和她复婚，直到今天，我才知道孩子是我的，老天原来是这般眷顾我。"陈亮说着开始满脸的欣喜，他看着向然说，"向然，你和石慧婚姻存续期间，我没有做过一点儿不轨之事，如今鬼使神差，我和石慧的孩子都开始上幼儿园了，我要重新去追求石慧，你别再掺和了。"陈亮说着就笑了。

向然才明白，这么多年他从未见过陈亮为哪个姑娘情动过，原来他的爱是深埋在心底的，他的爱只专属于石慧的，所以就算有蒋涵示爱，他的爱也始终没有改变，这到底是怎么样的一种情深啊？

"亮子，石慧应该不知道孩子的父亲是你吧？"向然问。

"那天晚上，她一直是深度醉酒的状态，一直将我当成你，第二天我离开的时候，她还在昏睡，估计醒来早已忘了吧。自然不会知道我是孩子的父亲，她若知道，也不会那么肯定和理直气壮地指定你就是孩子的父亲啊。"陈亮略带苦笑地说。

"做亲子鉴定之前，我甚至还想着就算孩子不是我的，我也答应石慧的复婚请求，因为我知道一个女人带两个孩子是有多么的艰难。"向然顿了顿说，"当然，我也有想过，如果孩子不是我的，我就去找易水。"向然说到易水时眼神立马变得柔和，他继续说，"我每天在两个世界里度过，一边是我一个人独处时，易水占据着我的整个心海，一边是我看到两个孩子，他们可爱单纯、天真烂漫，给了我当爸爸的喜悦。当然，你才是他们的爸爸。事情真如你所说，石慧和孩子有你照顾，我也放心了，那我……那我要去找易水了。"

"天地之大，你要上哪儿去找易水啊？"

"有她的地方自然会吸引我的脚步，她是为了成全我而离开，如今不需要我成全什么，我要把我的丫头找回来，亮子，石慧那边就交给你了。"

向然说着伸出手，陈亮紧紧握住。

向然握着陈亮的手说："我要交代的是，你和石慧的事，这么多年，你的心意石慧可能一丝不知，她若知道孩子的父亲是你，肯定一时难以接受。"

"我知道，你找易水没有一点儿方向，自己也要多小心。"

"瞧你我兄弟二人，被两个女人牢牢地捏着命门啊。"向然自嘲地说。

陈亮看着向然问："向然，你喜欢过石慧吗？这个问题我是替石慧问的。"

"我和石慧的婚姻能走十年，她的身上自然有我喜欢的东西，但是直到我遇到易水，我才明白什么是牵肠挂肚的爱。"

"我懂了。"

陈亮手里握着手机，看石慧不接电话，又将电话打给向然，电话响了几声，向然就接了："亮子。"简单的两个字里，充满着沧桑。

"向然，你在哪儿呢？"陈亮问。

向然没有回答陈亮的问题，转而问："听你的语气，你找过石慧了？"

"是的，我告诉她你已经去找易水了，也对她说了我的心意。"

"石慧……她，她还好吗？"

"她拿到鉴定报告时很焦躁，可是她一直一声不吭地听完了我的话。我对她说了那晚发生的事，也说了我喜欢她很久了，会照顾她和两个儿子，她一直不吭声，一声不吭，看我说完，就只对我说了两个字'出去'。就这样把我赶了出来，我现在打电话她一直不接，我怕她出什么事。"

"放心吧。石慧不会出事的，她现在可是两个孩子的母亲，不会做什么出格的事，亮子，你答应我，好好照顾石慧，毕竟我亏欠她很多，对你，我也深感抱歉，你应该早点儿对我说你喜欢石慧，这样我和石慧根本就不会有那一段失败的婚姻。"向然接着说，"可能她一时接受不了你说的那些事情，给她点儿时间吧。"

"可是她不接我的电话啊，我找过了，她不在家里，也没有去学校上课，石慧不知道去哪儿了？"陈亮语气急躁。

"五点钟幼儿园放学，石慧会准时出现在幼儿园门口的。"向然很有把握地说。

"那我去幼儿园门口等她。"陈亮看到了一丝希望。

"嗯。"

"向然，你我是多年的兄弟了，请你帮我向蒋涵解释清楚，我知道她喜欢我多年，我从未想过耽误她！"

"我知道。"

"向然，易水有消息吗？"

电话那边的向然没有回答，可是陈亮听到了一丝轻轻的叹息声，他安慰道："向然，你也别太着急。"

"放心吧。我会找到丫头的，我说过有她的地方，会吸引我的脚步。"

"等你好消息。"

"等你好消息。"

三十五

　　向然如释重负。他找到易山，说："把上次还给你的户口簿拿给我。"

　　易山不解地问道："做什么？"

　　向然斩钉截铁地回答："找到丫头，结婚！"

　　易山一点儿也不奇怪向然的做法，他早从夏夏的口中知道了石慧和向然的事。不过他还是调侃地说道："谁整天带着户口簿上班啊？"

　　向然笑了。

　　易山也笑了。

　　"你得告诉我，丫头在什么地方？"向然脸上一直挂着轻松的微笑。

　　易山诡异地一笑："我怎么知道易水在什么地方？"

　　"哈哈哈！"向然笑着用手指着易山说："丫头为了不让你担心，肯定告诉了你她在什么地方，不然你这段时间也不会如此神采奕奕地和夏夏准备婚礼的。换句话说，如果你一直不知道丫头在什么地方，你肯定比我还着急。"

　　易山也笑了，用沉默回答了向然的问题。

　　向然将身子靠到了沙发上，等着易山回答。

　　易山咳嗽了一下，笑着地说道："你说的没错，易水也是前不久才和我联络的，她在……"

向然猛地从沙发上坐直，神色充满期待地问道："丫头在什么地方？"

"你们决定在一起的地方。"易山说完，离开了座位。

向然眼睛陡然发亮，颤抖地嘴唇轻启，如呼出千斤重物一般吐出两个字："拉萨！"

向然看着眼前的一条大河，川流不息。这条河有一个名字，人们叫它"拉萨河"。

"丫头，你在哪里？我已追随你的脚步来到了我们最初决定在一起的地方，你说你喜欢这条河，为什么你还是不肯出现？"向然不知道是第几千遍第几万遍拨打了易水的号码，一样的提示音，从未变过："对不起，您所拨打的电话已关机。"

向然就这样一个人坐在河边，看着他们曾一起看过的景……

向然的口袋里还装着易水走前留给他的信，还有退给他的订婚戒指，他的手抚在口袋的位置，心开始猛烈的疼痛。

他好后悔，他曾那么担心易水会离开他，可是他从没有问过易水："如果我弄丢了你，去哪儿找你？"

"丫头，我在拉萨河边等你。"向然打开微信，深情款款地说。

向然沿着路走到了布达拉宫广场，几个月前的情景又在脑海中浮现，在坚硬的花岗岩石上，易水被两个小胖墩男孩撞翻，磕破了腿流了血，此刻，广场的音乐喷泉一如往昔随音乐起舞，他的心开始一阵一阵地痛，他担心他的丫头，那个不会照顾自己的丫头，是不是会胃痛而找不到药，是不是一日三餐以方便面果腹，是不是遭遇小乞丐而不能脱身？

夜，总是很凉。

一首曲子刚毕，一首曲子又起，眼前的喷泉随音乐起舞，夜幕下的布达拉宫更是别有一番韵味。向然仔细地看着广场上的人，怕看漏了混在其中的易水。

掏出手机，短信、QQ、微信，没有易水的丝毫回复，他的丫头像是从未出现在他的生命里一般。向然依然默默地在发问："丫头，你真的丢了吗？你到底在哪儿？我在我们相爱的城市拉萨，为何寻不到你的身影？我踩着我们曾留下的足迹，走遍了我们在这座城市去过的每一个角落，而你在哪里？你知道我有多想你吗？"

向然的眼里再一次溢满了泪，他躲着广场上的人，别过头，轻轻地擦拭，在别过头的瞬间，他的眼角瞥见了一个身影，满身白色的长裙，长发飘逸。

他几乎是飞过去的，抓起女孩的手，深情呼唤着："丫头。"这一刻心脏似乎要跳出来一般，他找到他的丫头了。

女孩似乎受到惊吓一般，触电般将她的手从向然的手心里抽走，扭头鄙夷地看了一眼向然，用地道的四川话骂了一句："你个瓜娃子。"骂完愤然离去。

没有人看到向然的眼睛里蓄满的眼泪，有一个声音在心底："丫头，你到底在哪儿？"

易山靠着一扇窗，拿着手机，拨通了易水新换的手机号："小水，向然去找你了！这会儿估计已经到拉萨了，不过我没有给他说你的新手机号，你最近好吗？"

熟悉的声音从话筒传来，只是电话那头的人没有接易山的话："哥，我收到夏夏给我发的邮件了，你们的婚礼准备得如何了？"

"婚期已经定了，我已经和妈妈说了我要结婚的事情了，哥哥希望你和向然一起来参加我和夏夏的婚礼！"

"嗯，我会的！"

易山啰里啰唆地说着："小水，你该给晓萌打个电话了，我听夏夏说你这一走，晓萌都闹着不举行婚礼了，非要你做伴娘呢！"

"我在夏夏的邮件里也看到了呢！我会给晓萌打电话的！"易水还是乖乖的模样！

"小水，我把我们的户口簿给向然了！"易山再一次把话题引到了向然身上。

"我知道了，哥，我先挂电话了！"

易山刚要说什么，电话那头已经收了线。

向然伫立在拉萨河边，夕阳西下的拉萨河多了一层柔美和神秘，他多希望视线的尽头出现他日日夜夜期待的身影，他带着希望闭上眼睛，带着期盼，三秒钟后睁开，他看到了那个熟悉的身影，穿着一袭长裙在朝他微笑。

他犹如长了翅膀一般，飞奔向那个熟悉的身影。

图书在版编目（CIP）数据

我的倔强，不怕遍体鳞伤：我是处女座女孩 / 七月染著.
— 北京：北京联合出版公司，2016.6
ISBN 978-7-5502-7682-6

Ⅰ．①我… Ⅱ．①七… Ⅲ．①长篇小说－中国－当代
Ⅳ．①I247.5

中国版本图书馆CIP数据核字(2016)第095538号

我的倔强，不怕遍体鳞伤：我是处女座女孩

作　　者：七月染
出版统筹：新华先锋
责任编辑：徐秀琴
特约监制：黎　靖
特约编辑：黎　靖
封面设计：王　鑫
版式设计：徐　倩
营销统筹：吴凤未　章艳芬

北京联合出版公司出版
（北京市西城区德外大街83号楼9层　100088）
北京雁林吉兆印刷有限公司印刷　新华书店经销
字数121千字　620毫米×889毫米　1/16　15印张
2016年6月第1版　2016年6月第1次印刷
ISBN 978-7-5502-7682-6
定价：36.00元